Anteriormente, em Os Últimos Jovens da Terra:
Alegria das festas!
MONSTRO GIGANTE!
Nossos corajosos heróis encontraram um novo inimigo...
Atenção, crianças!
Eu sou humana, como vocês! MAS SOU MÁ!
(Ou apenas frustrada e mal compreendida. Mas provavelmente má.)
E, tragicamente, Dirk foi mordido:
Por um zumbi.
Que descobrimos ser algo ruim.
Moooo...

As coisas só pioraram a partir daí...
EU SOU... O FLAGELO DO COSMOS, GENERAL DOS MORTOS-VIVOS. SIRVO APENAS A ŖEŻŻÖCH.
EU SOU...
GHAZT!
Gesundheit.
Curiosidade: Ghazt é meio um corpo reanimado, meio boneco derretido.
Dirk bebe um olho. Ele está salvo!
Bem-vindo de volta! Como estava o globo ocular?
Esquisito. Não vamos fazer isso de novo, ok?
O mal fica desapontado e foge!
E, agora, algo está muito estranho com o Fatiador...
Uau.
Um aviso!
Vamos pro livro 5, pessoal!

OS ÚLTIMOS JOVENS DA TERRA
A LÂMINA DA MEIA-NOITE

Loucura!
Há, passa o refrigerante!
Não prefere um cérebro, Dirk?
Bons tempos, pessoal

MAX BRALLIER & DOUGLAS HOLGATE

TRADUÇÃO CASSIUS MEDAUAR

MILK SHAKESPEARE

Milkshakespeare é um selo da Faro Editorial.

Diretor editorial: **PEDRO ALMEIDA**

Coordenação editorial: **CARLA SACRATO**

Preparação: **GABRIELA DE AVILA**

Revisão: **DANIEL WELLER**

Capa e design originais: **JIM HOOVER**

Adaptação de capa: **CRISTIANE SAAVEDRA**

Adaptação de projeto gráfico e diagramação: **CRISTIANE | SAAVEDRA EDIÇÕES**

Dados Internacionais de Catalogação na Publicação (CIP)
Angélica Ilacqua CRB-8/7057

Brallier, Max
Os últimos jovens da terra: lâmina da meia-noite/ Max Brallier; ilustrações de Douglas Holgate; tradução de Cassius Medauar — São Paulo: Faro Editorial, 2021.
304 p.: il.

ISBN 978-65-86041-66-8
Título original: The last kids on Earth

1. Literatura infantojuvenil I. Título II. Holgate, Douglas III. Medauar, Cassius

21-0081 CDD 028.5

Índice para catálogo sistemático:
1. Literatura infantojuvenil 028.5

FARO EDITORIAL

1ª edição brasileira: 2021
Direitos de edição em língua portuguesa, para o Brasil, adquiridos por FARO EDITORIAL

Avenida Andrômeda, 885 – Sala 310
Alphaville – Barueri – SP – Brasil
CEP: 06473-000
WWW.FAROEDITORIAL.COM.BR

Para Alyse.
Para Daniels.
Para Pupper.
Por Tudo.

—M. B.

Para os "Rapazes MPW".
Continuem selvagens para sempre.

—D. H.

Mapa de Wakefield
Materiais de construção
Floresta
Lava-rápido
CVS
Parque da cidade (Agora cheio de Trepadeiras)
Casa do Quint
A Velha Fábrica de Caixas (e toca da Besta)
Docas (A água está congelada)
Escola Parker de Ensino Fundamental

Fazenda de Árvores de Natal
Supermercado
Praça Central (Tem a Casa na Árvore, a Pizza do Joe e os monstros amigões!)
Velho Cemitério Sul
Grande Desmanche do Big Al (Agrupamento de zumbis)
Sorveteria da cidade.
Bairro histórico de Wakefield
Biblioteca da Cidade
Cinema ABC

Capítulo um

Bem, aconteceu. Depois de todo esse tempo, eles nos pegaram.

Os zumbis nos morderam.

Viramos zumbis, nos transformamos.

Olhe para nós... rostos de mortos-vivos retorcidos, postura curvada de mortos-vivos.

Somos zumbis. Zumbis completos.

Quint: zumbi. Dirk: zumbi. June: totalmente zumbi.

As coisas estão diferentes agora...

Nossas aventuras são um pouco mais lentas e cambaleantes. E nossos apetites mudaram: menos doces e mais hambúrgueres de carne.

Quer saber de uma coisa... deixa eu atualizar você. Explicando COMO nos juntamos às fileiras dos mortos-vivos.

Veja bem, já se passou cerca de um mês desde que **UMA COISA MUITO IMPORTANTE ACONTECEU**. Um mês desde que lutamos contra uma nova vilã; uma vilã **HUMANA**...

O nome da vilã é **EVIE SNARK** e, como eu, ela é SUPER nerd. Mas, diferentemente de mim, ela está TOTALMENTE FORA DA REALIDADE...

Primeiro, ela roubou o Fatiador, o que foi algo, como posso dizer, NADA LEGAL.

Depois, fez o Dirk ser mordido por um zumbi!

Tudo parte de seu grande plano cósmico maléfico de realizar um ritual bizarro e trazer GHAZT, um Terror Cósmico, para nossa dimensão.

Ghazt é "O General" e ele tem a habilidade de controlar zumbis com sua CAUDA...

E isso é, tipo, ruim.

Mas Quint, June e eu salvamos Dirk alimentando-o com um globo ocular emprestado por uma amiga, a monstra Warg. O globo ocular tinha algum tipo de remédio curativo e antizumbi, Dirk sugou o conteúdo como se fosse um copo de limonada quente e pegajosa. (Sim, foi bem nojento.)

Também recuperamos o Fatiador! Mas não antes dele se conectar com a dimensão do monstro...

AS COISAS FICARAM ESTRANHAS!

E, no final, **NÓS MEIO QUE FALHAMOS**. O plano da Evie funcionou e Ghazt entrou em nossa dimensão. Mas, porque nós interferimos, as coisas não saíram exatamente como eles esperavam e Ghazt acabou meio que parecendo um **RATO** de plástico. Então, agora ele é um monstro cósmico meio-plástico, meio-roedor que controla os zumbis.

E eles escaparam!

Evie e Ghazt agora estão à solta criando aqueles planos malignos que os vilões criam!

E isso nos traz a esta manhã e a nós, nos tornando zumbis.

Eu, Jack Sullivan, antigo Herói de Ação Pós-apocalíptico, agora, sou apenas um **Zumbi Comum** Pós-apocalíptico.

E June, Dirk e Quint também são zumbis. Somos apenas quatro zumbis comuns e totalmente ordinários em meio a centenas de outros zumbis. As coisas deram uma guinada para o campo do *aterrador*...

— Pessoal, ser zumbi é uma porcaria! — June comenta. — Literalmente! Que cheiro ruim!

— Não ouse falar mal do cheiro — Quint afirmou. — Passei semanas aperfeiçoando!

— Parem de tagarelar! — Dirk rosnou. — Somos zumbis. Zumbis não tagarelam!

Bom... eu menti. Estamos apenas fingindo que somos zumbis. Estamos disfarçados, como parte da nossa MISSÃO: DERROTAR EVIE E GHAZT!

No momento, estamos cambaleando, no estilo zumbi, em direção ao boliche da cidade, que é o esconderijo de Evie e Ghazt.

Como sabemos disso?

Porque há um monte de TVs na entrada do boliche e Evie aparece lá em cima falando:

BOLICHE
Venham, zumbis! Venham, todos vocês! Temos pistas ótimas! Jogue de graça se comprar uma torta grande! E você estará com seu grande líder...
TELLY-MAX
GHAZT, O TODO PODEROSO! ELE OS ABENÇOARÁ COM SUA CAUDA!
WAKEFIELD
BOLICHE
WAKEFIELD

Eu me inclino e sussurro para meus amigos:

— Olhem só a Evie acenando de longe para os zumbis. Ela realmente aceitou seu lado mau. Tipo, virou uma supervilã completa.

— Parece que os zumbis são atraídos pela voz dela — diz Quint.

June concorda.

— Sim, porque humanos são comidas para eles!

Nós estivemos vigiando o boliche por uma semana, esperando que uma horda de zumbis grande o suficiente viesse para que pudéssemos entrar com eles, despercebidos.

E finalmente eles vieram...

Então entramos no personagem e nos juntamos ao clube de zumbis ambulantes, mas não antes de fazermos uma lista de verificação da operação final.

Maquiagem zumbi: Feita. Pele cinza, gosma verde escorrendo de nossas bocas e cabelo de quem acordou agora.

Odor de zumbi: Feito. Temos O FEDOR. Quint o engarrafou. É horrível e nojento. E eu tenho vômito acumulado até minha garganta, mas funciona bem.

E por último, mas o MAIS IMPORTANTE: o caminhar zumbi. Também conhecido como arrasta-pé zumbi ou zigue-zague de zumbi. Sabíamos que o nosso caminhar zumbi tinha que ser perfeito se quiséssemos nos misturar, então passamos dias praticando, até mesmo na frente do Bardo, para ter certeza de que estávamos bem preparados.

FRACO! DESLEIXADO! FALSO!
DIRK, O SEU ESTÁ MUITO BOM...

É melhor que tudo isso funcione, pois estamos chegando perto da entrada do boliche e tem zumbis por todos os lados, se amontoando a nossa volta...

É o nosso plano mais idiota.
E o Jack criou muitos planos idiotas.
Sshhh! Transformo idiotice em arte.

Espero que a Eve esteja preparada, porque estamos a caminho... e levando a nossa vingança! Ela roubou minha arma! Transformou nosso amigo em um zumbi! E mais um monte de coisas!

E em poucos instantes vamos atingi-la com a nossa vingança. Nós quatro, juntos, como os incríveis *Vingadores*...

Uma respiração pesada me tira de minha fantasia de esquadrão de super-heróis. Espero ver um zumbi com um resfriado terrível, mas na verdade é Dirk, que não parece pronto para ser um Vingador.

O que é justo, já que ele passou por algumas coisas bem sérias. Quero dizer, Dirk está curado. Mas provavelmente deve estar um pouco assustado ainda.

— Dirk, você está bem? — eu sussurro.

Antes que ele possa responder, sinto uma mão na minha e olho para baixo.

— June, você está segurando minha mão! — sussurro animadamente.

— Não estou segurando — ela diz. — Estou apertando.

— Um aperto de amor?

— NÃO! Um aperto dolorido — ela rosna com os dentes cerrados. — Fica quieto!

June aperta duas vezes, de forma extremamente forte e dolorosa, e eu olho para cima quando as portas do boliche se abrem.

Dou o meu melhor gemido de zumbi quando ficamos todos juntos e entramos na base vilanesca...

Aqui começa a MISSÃO: DERROTAR EVIE E GHAZT!
Pare de chamar tudo de missão. Ou operação!
E PARE DE FALAR.
Adoro essa missão...

Capítulo Dois

Assim que cruzamos a porta, começamos a procurar abrigo. Quint silenciosamente aponta para uma fileira de prateleiras repletas de sapatos de boliche. Chegar até lá é um pesadelo, parece uma loja na *Black Friday*, estamos passando à força através da horda de zumbis, tentando chegar ao nosso lugar seguro.

Mas temos sorte e os zumbis nos deixam em paz. A horda está se transformando de uma enorme mistura confusa em uma linha organizada.

Eles são atraídos por algo que não vemos ou ouvimos, e estão se afastando da entrada em direção à antiga sala de jogos e lanchonete. Quando o último zumbi se vai, percebo que este lugar está mais vazio do que eu esperava, *muito* mais vazio. E, o mais importante, nenhum sinal de Evie ou Ghazt.

Ghazt ficou com medo do Fatiador da última vez. Então tudo que eu tenho que fazer é mostrar para ele de novo, e ele vai sair correndo! Mas primeiro temos que encontrá-lo.

— Gente, está um silêncio — eu digo. — *Silencioso demais.*

Dirk me lança um olhar confuso e vejo suor escorrendo de seu rosto.

Silêncio?
Não estão ouvindo? Pessoas, tipo, balbuciando? Falando?
Hã... não?

Dirk franze a testa, ficando ainda mais suado, então rapidamente diz:

— Certo, eu também não, só queria ter certeza.

— Pessoal — Quint diz em um sussurro. Ele está usando um velho bastão de selfie com um espelho para espiar pelo corredor. — Todos os zumbis foram para o fliperama, mas há **GUARDAS-ZUMBIS** nas portas!

Eu me aproximo e olho no espelho: vejo quatro zumbis vigiando, eles estão vestindo mantos com capuz... Essas vestes, percebo, são exatamente como as que vimos no livro de Evie. Ela está recrutando esses zumbis para sua Cabala Cósmica!

ANTIGOS MEMBROS DA CABALA CÓSMICA!

A Cabala Cósmica era um grupo de pessoas malucas dos velhos tempos que eram *obcecadas* por caras maus como Ŗeżżőcħ, o Antigo, o Destruidor de Mundos. Evie encontrou o livro deles que estava cheio de informações e instruções. (Mas agora está tudo bem, roubamos o livro dela e agora temos nosso próprio guia para o mundo de terror cósmico de Ŗeżżőcħ).

— Pessoal — sussurro, apontando para a lanchonete do fliperama —, acho que é a *verdadeira* base do Ghazt.

— Um covil vilanesco *dentro* de um covil vilanesco? — June pergunta. — De quantos covis vilanescos um rato monstro interdimensional precisa?

Quint responde:

— A resposta, ao que parece, é dois.

— Se vamos entrar e invadir a festa do mal, precisamos nos misturar como espiões disfarçados.

Eu olho fixamente para June, que entende imediatamente: precisamos derrubar esses guardas, no estilo ninja, e roubar suas roupas sujas.

June cutuca Quint. Ele puxa uma caixa de bolas de cheiro de sua bolsa. Essa não é uma bola de cheiro comum, dentro temos...

— Vou lançar... — Quint fala.

— E eu acabarei com eles — June complementa.

Então é hora da almôndega partir. Quint a lança pelo chão em direção ao fliperama e ela é parada pelos guardas-zumbis em seus mantos azuis...

Eles olham em volta, cheirando o ar, e um momento depois...

Os guardas cambaleiam atrás da bola, curvados, seus dedos ossudos agarrando e raspando. Um deles finalmente cai sobre a bola, como se estivesse tentando recuperar uma bola de beisebol rebatida bem longe. E todos começam a *roer* e chupar a almôndega.

Bingo. Mas um bingo bem nojento.

June sorri.

— Agora é minha vez... — ela diz e levanta a manga de sua camisa de zumbi revelando o Presente. É o que dei para ela no último Natal: uma geringonça de nocautear monstros. E também funciona para detonar zumbis temporariamente...

Ela gira um botão lateral e...

O que acham de mim agora?
Lâmina sai.
THWINK!

CRACK! CRACK! CRACK! CRACK!

Quatro tiros.

Quatro zumbis no chão.

Enfiamos os zumbis num armário e vestimos seus mantos. Agora parecemos zumbis legítimos!

Parecemos membros verdadeiros da Cabala Cósmica...
Ah, esses "Mantos da Cabala" são apenas roupões de banho!
Não fale assim. Eles são muito confortáveis.
E laváveis à máquina!

Espio a entrada do fliperama. Sem os guardas, tudo que temos que fazer é entrar despercebidos.

Mas eu hesito. Finalmente está acontecendo. Nos esforçamos muito para achar esta criatura imunda que quer governar nosso planeta destruído. É agora ou nunca.

Eu me preparo.

— Lá vamos nós — eu sussurro. — E lembrem-se: as melhores imitações de zumbis de todos os tempos. É hora do jogo.

Com o coração batendo forte, abrimos as portas e entramos.

Encontramos os zumbis, com toda certeza. Centenas deles...

Estou tentando fazer uma versão zumbi de "andar casual", com meu rosto torcido para parecer morto-vivo, mas é difícil ser casual, porque o que vemos aqui dentro é absurdamente insano...

Capítulo Três

Este covil é enorme e extenso: uma combinação de lanchonete, fliperama e banheiro.

Filetes de luz entram através de rachaduras nas paredes e no teto. Trepadeiras rastejam pelo chão, brilhando em verde-neon e roxo.

— Ghazt não parece o bonzão agora, hein? — June sussurra.

Espiando por cima da horda de zumbis, vejo Ghazt.

June está certa... o general não está tão fascinante no momento.

Na verdade, Ghazt agora parece mais com algum tipo de ...

— Ele construiu uma cama de queijo derretido — Quint comentou. — Que criativo.

Estou tão focado na transformação de Ghazt que levo um momento para notar a bizarrice ainda *mais estranha* acontecendo.

Os zumbis dentro desta base escura e estranha... são *diferentes*.

— Esses zumbis com mantos não estão apenas cambaleando sem pensar — eu sussurro. — Eles estão, tipo, fazendo coisas.

O que estamos vendo agora é algo alucinante e completamente novo. Esses zumbis não estão apenas possuídos, eles são produtivos...

No cinema, vimos Ghazt *mover* os zumbis. E vimos os zumbis *carregá-lo*. Mas o que vemos agora é mais do que isso, esses são *servos* zumbis. Eles poderiam até fazer uma serenata para Ghazt com tambores!

Falando sério, quase parece uma festa de aniversário legal, mas fica só na festa estranha com um anfitrião não tão gentil.

Alguns zumbis se arrastam para o lado, e então eu a vejo, a coisa pela qual viemos: a cauda de Ghazt. A fonte desagradável e escorregadia de seu poder de controle zumbi...

— Jack, precisamos nos esconder — June sussurra, puxando minha manga.

— Por aqui! — Quint aponta para o *Dino Rampage*, um jogo antigo cercado por uma cortina. Nós nos arrastamos como zumbis até lá e então entramos rapidamente. *Dino Rampage* foi construído para dois jogadores, então nós quatro somos forçados a nos empilhar desconfortavelmente.

Sinto uma respiração pesada no pescoço: é o Dirk, bufando e suando. Eu consigo sentir o medo dele: fizemos coisas perigosas muitas vezes, mas desta vez estamos atrás das linhas inimigas, dentro de vestes inimigas! Se não tivermos cuidado, tudo pode acabar antes que você possa dizer "liga de boliche zumbi".

Quint e eu damos uma espiada pela cortina. E eu a vejo: Evie.

Ela está parada ao lado de Ghazt e podemos ouvi-la falar baixo no ouvido de rato enrugado dele.

Senhor, pelas minhas contas, temos quase quinhentos soldados-zumbis.
Isso é suficiente pra começar nosso reinado de terror total?
EU DIGO QUANDO FOR, EU SOU O GENERAL.

— Sim, claro, mas quanto mais cedo liberarmos esses zumbis, mais cedo eles FARÃO COISAS MÁS — ela diz, com a voz falhando. — Existem acampamentos humanos para esmagar e monstros para escravizar. Podemos começar por Wakefield.

Eu engulo em seco: Wakefield, nosso lar.

E acampamentos humanos. Isso pode significar as pessoas que estão na Estátua da Liberdade. Ou cada sobrevivente, em todos os lugares.

Pausa rápida para um *flashback*:

Por muito tempo pensamos que éramos os únicos sobreviventes do apocalipse. Mas então, alguns meses atrás, encontramos um rádio e ouvimos VOZES HUMANAS AO VIVO e ficamos: "Ah-Caramba-Nossa-Puxa!".

Era uma transmissão de uma colônia inteira de humanos escondidos em Nova York! Aquilo era enorme...

Se alguém estiver ouvindo... é a nossa última transmissão.
Somos um grande grupo de humanos que sobreviveram ao Apocalipse dos Monstros. Estamos em Nova York, dentro da Estátua da Liberdade.
Todos são bem-vindos...

Mas então o inverno chegou e não podíamos ir para Nova York, e não ouvimos mais nada no rádio desde então. Quint e June estão animados porque existe a possibilidade de seus pais ainda estarem vivos, mas não podemos deixar Wakefield, porque Evie e Ghazt estão aqui fazendo coisas ruins.

Quint e June querem pelo menos saber se seus pais estão bem...

Certo, de volta ao presente!

June se aproxima.

— Se Ghazt algum dia deixar de ser um grande preguiçoso, estaremos bem encrencados. Não apenas nós, todo o mundo... em todas as partes.

Naquele exato momento, a claustrofobia de Dirk já tinha ido de ruim para muito-ruim.

— Eu não aguento mais esse som de sussurro e gemido! — ele fala agarrando a cabeça e tampando os ouvidos.

— Tape com uma meia, cara! — June sugeriu.

Quint, sendo bastante literal, tirou o tênis, arrancou a meia e enfiou na boca de Dirk. Foi bizarro.

Dirk quase vomitou a meia e, no instante seguinte, cambaleou pela cortina, saindo de nosso esconderijo.

— Dirk! — eu gritei, tentando impedi-lo. — Não!

Mas já era tarde demais.

Os olhos de Dirk focaram em uma máquina de prêmios que tinha um fone de ouvidos dentro.

E, em uma fração de segundo, nossa Missão Operação supersecreta de vigilância se transformou no que meu antigo professor da terceira série chamaria de "uma bela confusão":

— EU NÃO AGUENTO MAIS ESSES GEMIDOS DE ZUMBI! — Dirk grita.

Então agarrou a máquina e a jogou no chão.

CRASH!!! O vidro se estilhaçou e Dirk agarrou os fones de ouvido, enfiando na cabeça.

Todo o lugar ficou em silêncio.

Então...

— Arrá — diz Evie.

Ela está olhando para nós. Ghazt está olhando para nós também, e também seu exército de mortos-vivos.

— Traga os humanos idiotas para mim — ordena Ghazt.

Sua cauda se levanta e aponta para nós. E então os zumbis se aproximam, de braços erguidos, para nos arrastar até seu mestre.

Capítulo Quatro

Não está sendo como o planejado.
Eu não sei bem ainda o que seria "como o planejado".

Então, agora estamos aqui, na frente de Ghazt e Evie. Prisioneiros capturados! Parece que fomos pegos mandando mensagens de texto na aula e agora temos que enfrentar o diretor. Mas não estamos apenas encarando alguns dias de detenção... nosso *planeta* está em risco!

Ghazt se inclina para frente. Sua boca se abre e acho que ele está prestes a nos comer, mas, em vez disso, ele apenas arrota. Evie parece envergonhada. Ghazt se recompõe, controlando todos os gases de sua barriga.

— Argh... vocês! — ele rosna, nos despejando cuspe com pedaços de queijo. — Eu devia ter levado meu exército e DESTRUÍDO sua pequena cidade quando tive a chance.

Eu me inclino para June e sussurro:

— Hora da Missão Operação: Projeto Confiança Máxima de Jack.

— Cara — June rosna. — Se você disser missão operação mais uma vez...

— Então, o negócio é o seguinte, caros vilões — eu digo, dando um passo relaxado para frente, canalizando meu cara legal interior — Neste momento, esse local está cercado por guerreiros-monstros. Então, ou você nos libera ou eu dou o sinal. E você não quer isso, porque nossos amigos-monstros-trêmulos... hum... dedos-monstros, hã... como é mesmo...

— Dedos-trêmulos? — Quint pergunta.

— Não. Não dedos-trêmulos. Rápidos, hã... dedos rápidos no gatilho! É isso!

— Eles usam principalmente espadas e machados — sussurra June. — Espadas e machados não têm gatilhos.

— Tá bom. Dedos rápidos com os machados! Tanto faz! O importante é que... Evie, Ghazt, soltem a gente agora ou eu chamarei a cavalaria!

Uau, eu realmente acertei isso. Essa mentira foi tão boa que eu mesmo quase acreditei. Evie e Ghazt nunca saberão que é um...

— BLEFE! — Evie grita. — Isso é um blefe! — Ela se inclina na direção de Ghazt e sussurra: — Ele está blefando. É um blefe clássico. O garoto está com blefe escrito na testa.

Eu faço uma cara feia para Evie, que sorri da maneira mais irritante.

A cauda de Ghazt desliza para cima e faz cócegas em seu lábio, como se estivesse pensando.

— Hummm. Blefando. Blefe. Blefar. — O estômago de Ghazt ronca, então ele diz:

— Evie, temos mais algum daqueles queijos que eu gosto? Os mais fedidos?

Evie aperta a mandíbula e contém um suspiro.

— Não, senhor.

Dou uma olhada rápida para o lado. Dirk está com as mãos na cabeça, esmagando os fones de ouvido com força contra seu crânio.

Sem dúvida, precisamos nos movimentar agora.

Evie e Ghazt não parecem estar na mesma sintonia e talvez possamos usar isso contra eles.

June capta o que estou pensando, porque inclina a cabeça e diz:

— Ei, Ghazt, se você é um *grande e malvado general controlador de zumbis*, por que é a Evie quem manda e desmanda enquanto você fica apenas sentado em um grande trono de queijo?

Em resposta, Ghazt pega um pedaço de queijo de uma bola de boliche.

O QUE ELES DISSERAM? ESTAVA PENSANDO EM QUEIJO.
Aff... Ela insinuou que você é... hã... **preguiçoso**.

Ghazt não gosta daquilo. Ele rosna, então sua cauda estala no ar. Eu ouço um som de trovão, o som de Ghazt exercendo seu controle sobre os zumbis...

E é claro, os zumbis começam a circular ao nosso redor.

Evie se aproxima.

— Jack — ela diz —, você está desarmado, mandou mal. Estou surpresa que apareça aqui sem sua arma preciosa...

Eu sorrio.

— Sabe, Evie...

Isso também teria me surpreendido!
PRESA NA PERNA! POIS É!
PUCH!
VELCRO ABRINDO!

Eu giro O FATIADOR, apontando para Evie e Ghazt. Ela franze a testa.

— Você escondeu sua arma nas calças?

— Pode apostar que sim — digo com orgulho.

— Isso é bem estranho, garoto.

— Vou te contar o que é estranho... você! Sua estranha, *me* chamando de estranho! Você é a estranha com essa sua adoração estranha! Agora eu EXIJO que vocês abram um portal e SAIAM daqui. Fora desta dimensão, e agora! E agora significa...

Vocês **ouviram** o Jack! Quero ver o portal abrindo.
Bem aqui. E AGORA!
Não.
NÃO, VALEU.

A cauda de Ghazt estala novamente e os zumbis se aproximam ainda mais. June tosse em sua mão, e então diz bem alto:

— BEM, JACK... PARECE QUE SEU PLANO FALHOU.

— Certo! Poxa, June, que agressividade — murmuro.

June fala novamente, mais alto:

— EU DISSE, JACK, QUE PARECE QUE SEU PLANO FALHOU.

— Olha, June — sussurro —, sei que este é um grande momento daqueles de vida ou morte, mas você não precisa ser maldosa! Não é como...

E é quando eu ouço um som como o de um canhão explodindo.

EU DISSE, JACK, PARECE QUE SEU PLANO FALHOU!

O prédio estremece, os zumbis cambaleiam e Evie agarra Ghazt para se equilibrar.

Eu olho para cima bem a tempo de ver o teto praticamente evaporar quando algo como um meteoro o arrebenta.

Capítulo Cinco

— June! — Quint exclama. — Você tinha reforços esperando?

June sorri.

— Mas é claro que eu tinha!

Eu faço uma careta.

— O código do seu plano B era 'JACK, PARECE QUE SEU PLANO FALHOU?'

June dá de ombros.

— Funcionou, não?

— Isso é muito bizarro. Mas também estou bem com isso, porque significa que eu não estava blefando. VOCÊ OUVIU ISSO, EVIE? Eu não estava blefando!

Evie apenas olha e pula para trás. Uma fina camada de água está escorrendo pelo chão. A aterrissagem semelhante a um meteoro do Grandão enfraqueceu o solo.

Ghazt desce de seu trono nojento, pedaços de queijo endurecido e chocolate derretido estão grudados em seu pelo. Ele rosna:

— Peguem eles! — e sua cauda ESTALA no ar. Instantaneamente, os zumbis de vestes azuis se aproximam!

— Pessoal — eu digo —, eu estou atrás do rabo! Vocês mantêm os zumbis ocupados!

— Alegremente! — Skaelka responde.

Grandão apenas grunhe e começa a atirar zumbis para a direita e para a esquerda. June e Quint estão lado a lado, lutando contra a Cabala Cósmica.

POW!

O rabo de Ghazt me bate e sou atirado para o outro lado da sala. Caio contra uma pilha meio inflada de protetores laterais da pista de boliche.

Ghazt caminha em minha direção, abrindo caminho pela sua horda de zumbis em luta. Ele se lança para frente e estica sua garra gorda em minha direção.

— Caramba!

Eu me esquivo do ataque caindo desajeitadamente no chão. Suas unhas retorcidas abrem grandes buracos nos protetores infláveis azuis. Há um chiado alto, depois um rosnado zangado enquanto Ghazt abre caminho através da borracha rasgada.

VOCÊ JÁ CONHECE MEU PODER...
E eu sei de outra coisa. Que isto o assusta.

Coloco o Fatiador na minha frente e Ghazt se afasta um pouco. Seus bigodes se contraem. Seu nariz enruga. E um sorriso cruza seu rosto horrível...

— Sabe, Jack, durante a transferência horrivelmente malfeita que me trouxe à sua dimensão, acabei recebendo algumas das qualidades do rato. Incluindo o olfato; e sinto o cheiro do medo em você agora, garoto.

Naquele momento, seus olhos redondos disparam para o lado e sua cauda estala. Seus poderes dominam um zumbi próximo e, de repente, ele está voando pela sala.

Mas não sobre mim.

Em direção a Quint.

Os pés do zumbi se arrastam pelo chão e seus braços estendidos se agitam. Sua mandíbula quebrada estala ameaçadoramente:

— Murrrr!

— Quint! — eu grito, mas é tarde demais para gritos de alerta. O zumbi está quase em cima do meu melhor amigo.

Um raio terrível de medo explode dentro do meu cérebro: a imagem de Quint sendo mordido, sendo zumbificado.

Eu não penso, eu simplesmente ajo.

Giro o Fatiador em direção ao zumbi, deixando uma faixa escura de energia no ar. E então...

Sinto o Fatiador ficando preso... como se minha arma e o zumbi estivessem conectados por um estranho magnetismo.

E é como se alguém apertasse o botão PAUSAR nesta batalha, porque todo mundo está olhando para mim. Meus braços estão instáveis e há um zumbi congelado e preparado para atacar...

Sinto o poder de Ghazt dominando o zumbi e tentando empurrá-lo para Quint.

— Não... vai... NÃO! — grito, forçando o Fatiador para baixo.

O zumbi que pairava no ar também é empurrado para baixo. Seus joelhos se dobram e ele desaba no chão, babando e gemendo.

De canto de olho, vejo Skaelka se esgueirando por trás do Ghazt. Tenho que mantê-lo distraído por mais um instante.

Os olhos gelados de rato de Ghazt me fitam. Em seguida, miram o Fatiador.

— Impressionante — ele fala sorrindo. — Mas não será o suficiente para me derrotar.

Eu encolho os ombros.

— Tudo bem, não preciso te derrotar. Eu só tenho que distrair você.

Ghazt grunhe:

— Hã?

E então Skaelka ataca...

A lâmina afiada do machado de Skaelka corta a cauda de Ghazt! E a criatura GRITA. Seus olhos se arregalam e seu rosto se contorce em uma expressão de "ó, não, meu rabo".

Instantaneamente, todos os zumbis PARAM. Seus braços caem para os lados, rígidos, como se estivessem esperando ordens. Eles gemem baixinho e babam.

De repente, uma água começa a espirrar em nossos pés, ela é velha, suja e cheira como se alguém tivesse esquecido de dar descarga. Percebo que o machado de Skaelka deve ter rachado o chão também.

Ghazt balança para frente e para trás. Sem a cauda, ele está sem equilíbrio. Então cambaleia para o lado e cai pesadamente no chão, que se abre ainda mais.

Vejo um labirinto de canos se cruzando sob o chão e um enorme cano de esgoto, tão largo quanto um trem. A madeira começa a se desintegrar completamente, como peças de um quebra-cabeça, caindo.

As patas de Ghazt batem, suas unhas retorcidas arranham o chão, mas isso só piora as coisas, pois a água corre ao seu redor.

Ele estica as patas, agarrando Evie.

Seus olhos se fixam nos meus. Ela está presa... e sabe disso. Ela está assustada. Mas mais do que isso, posso dizer que parece enlouquecida. Ela força um sorriso de "nunca admitirei a derrota". E então eles caem...

E assim, Evie e Ghazt são arrastados pela água do esgoto... e desaparecem.

— Uau — eu digo. — Acabamos de vencer os caras maus? Rápido assim?

— Nós vencemos *esses* caras maus, sim — June responde. — A ameaça acabou, pelo menos por um tempo.

Eu sorrio.

— Irado. Missão Operação: COMPLETA.

Quint se aproxima da cauda decepada.

— O mais importante é que removemos a capacidade de Ghazt de controlar zumbis.

Eu olho ao redor. Quint está certo. Os zumbis não se movem. Eles apenas olham para a cauda com o olhar vazio.

De repente, Bardo entra apressado, caminhando sobre os escombros.

NÃO É ALGO INESPERADO. A CAUDA É BEM PODEROSA.
E ESSA É A MINHA ENTRADA DRAMÁTICA.

Capítulo Seis

Bom, pessoal, a missão operação foi um sucesso, hein?
Foi! Toquem aqui, amigos. Somos incríveis!

Bardo não parece estar gostando da comemoração. Ele não nos cumprimenta com soquinhos e não está nos achando incríveis.

— Bardo? — pergunto. — Por que você não está comemorando?

— É mesmo... — June completa. — Nós arrasamos com eles!

— Exatamente! — concordo enquanto dou um grande tapa nas costas de Bardo. O que eu descubro na sequência é uma má ideia, simplesmente horrível, porque em um flash de segundo...

Ei!
Calma, cara!
SLAPT
UM TAPA NAS COSTAS É SINAL DO DESEJO DE LUTAR ATÉ A MORTE.
É ISSO QUE VOCÊ QUER?

— Não mesmo! — respondo. — Isso é exatamente o contrário do que eu quero. Nesta dimensão, um tapinha nas costas significa apenas "Opa, bacana, muito bem, amigo... tapinhas amigáveis nas costas".

— Vocês dão tapas por amizade?

— Veja bem, não dizemos 'tapa por amizade' porque isso soa estranho. É apenas, hã...

Estou tentando descobrir como explicar quando percebo, caramba, minha mão está ardendo.

E está ardendo bem mais do que deveria depois de um velho e bom tapinha nas costas. Parece que enfiei minha mão em uma fogueira em chamas ou agarrei um punhado de carvão em brasa.

— Argh — eu gemo, sacudindo minha mão para frente e para trás. Felizmente, Rover salta e molha minha palma com baba fria. A dor diminui um pouco. — Obrigado, amigo, eu precisava mesmo disso.

Bardo agarra meu pulso. A saliva do Rover espirra no chão quando ele vira minha mão, examinando-a, e então pisca rapidamente.

— Eu suspeito que usar sua arma para manipular os mortos-vivos faz com que ela fique quente — ele explica. — Tão quente que empunhá-la se torna quase impossível.

June para de andar. Ela inclina a cabeça e me olha de cima a baixo. Então resolve falar.

— Bom... — ela diz devagar —, nós provavelmente deveríamos falar sobre a *loucura* que aconteceu lá atrás.

Os olhos de Quint estão arregalados:

— Jack — ele fala —, você *controlou* um zumbi...

Esperava que ninguém mencionasse isso, sendo sincero. Eu me sinto um pouco entorpecido com uma sensação de *nossa, isso foi demais*, mas também meio que *nossa, isso é assustador, não?*

— Eu, hã... acho que sim — respondo dando de ombros de um jeito meio estranho.

Quint, Dirk e June me cercam como se eu fosse um espécime em um laboratório, como se fosse um novo Jack, um Jack diferente.

Então, todos juntos, eles explodem...

Você tem a versão pirada da Força!
Você tem **poderes**, cara!
Meio estranho, meio irado!

— Opa, calma aí, esperem um minuto — eu gaguejo. — Eu sinto que há um monte de créditos não merecidos aqui. Não fiz nada! O Fatiador que fez! E eu simplesmente sou o dono dele!

O calor sobe pelo meu pescoço e pelas minhas bochechas.

— Awwnn, ele está corando! — Quint diz.

June vê que estou um pouco desconfortável e nossos olhos se encontram, então ela pisca para mim e, rapidamente, diz:

— Sim, mas, de qualquer jeito, o Jack provavelmente será péssimo com toda essa coisa de 'poderes do Fatiador'!

Que é, tipo, um soco em mim. Mas também uma forma de remover a sensação de todos de *uau, que coisa importante*! A provocação faz tudo parecer normal de novo e agradeço à June por isso.

— Olha — eu começo —, eu, hã, senti o Fatiador queimar assim uma vez antes. Com Ghazt, no cinema, mas não sabia que conseguiria fazer *aquilo*...

Meus amigos concordam. Bardo passa os dedos pela barba. Está um silêncio, e então...

Gemidos de zumbis. Bem altos.

— Certo, chega de delirar sobre a estranha habilidade de controle de zumbis de Jack, precisamos discutir esse outro assunto — Quint fala, apontando para trás.

June suspira:

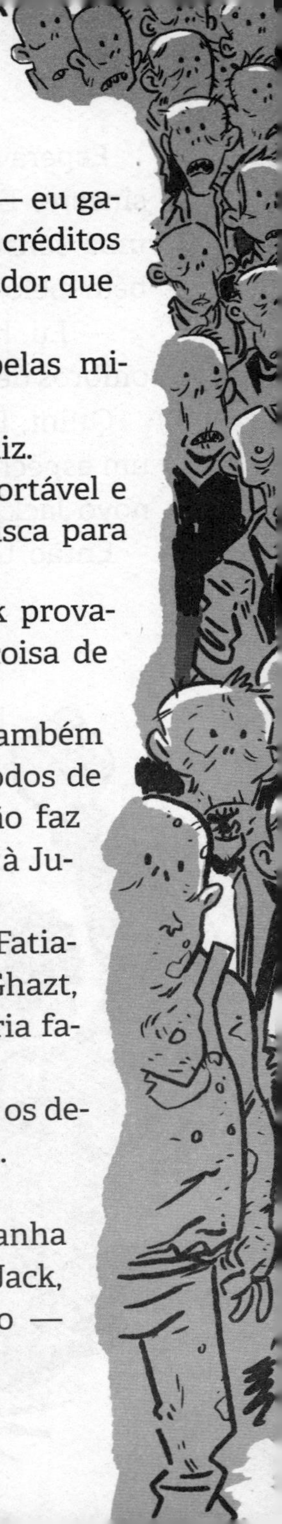

É, acho que sim...

— Cortamos a cauda de Ghazt para que ele não pudesse mais controlar zumbis, mas eles não deveriam nos seguir!

Quint levanta a mão tão rápido quanto Hermione Granger na aula de Poções.

— Vou estudar a cauda! Vou descobrir seus segredos.

Bardo olha para Quint como se o estivesse avaliando.

— Encontre um ponto fraco na cauda — Bardo aconselha. — Pode fornecer informações sobre as fraquezas de outros Terrores Cósmicos.

Quint concorda.

— Uau! Usar a ciência para descobrir as fraquezas dos terrores interdimensionais... Eu não vou te decepcionar!

— Mas o que vamos fazer com esses idiotas mortos-vivos? — Eu penso em voz alta.

Skaelka se pronuncia com uma solução assustadora para esse problema...

VAMOS DESTRUÍ-LOS! ME DÁ DEZENOVE MINUTOS QUE ACABO COM TODOS.
Skaelka, tem uns 400 zumbis aqui.

VINTE E UM
MINUTOS ENTÃO

Bardo mexe em sua mochila enquanto pensa.

— Eu sugiro que você os mantenham vivos — ele diz. — Quem sabe o que está por vir?

Eu encolho os ombros.

— Tem razão. Mas onde vamos colocar quatrocentos zumbis?

— Quando meu hamster morreu — Quint conta —, meus pais me disseram que ele foi morar em uma fazenda de hamster.

— Seus pais parecem muito mentirosos! — Skaelka diz feliz. — Uma ótima qualidade em uma figura parental!

June ri, pois sabe onde Quint queria chegar.

— Podemos perguntar —June fala —, mas ela não vai ficar feliz...

Capítulo Sete

— Ela não está no banheiro — June exclama, suspirando e nos empurrando de lado. — Warg, é a June! Estamos aqui para, hã, agradecer a você, mesmo depois de muito tempo.

Ah, droga! Lembrei que nunca agradecemos a Warg por toda aquela coisa de "salvar nosso amigo de se transformar em um zumbi".

Quero dizer, se sua tia esquisita lhe mandar um livro ruim no Natal, você tem que escrever um cartão de agradecimento físico! Warg nos deu um de seus OLHOS para salvar Dirk. Sim, isso definitivamente merece um agradecimento...

Depois de um longo momento, a porta se abre. Não é Warg, mas um de seus olhos, usando seu corpo para abrir a porta.

— Você primeiro — sussurro.

— De jeito nenhum — June responde.

— Serei o segundo ou terceiro — Quint fala. — Nem primeiro, nem último.

— Ah, caramba — Dirk resmunga nos empurrando para dentro.

Não somos recebidos com uma recepção calorosa.

ME PERGUNTEI SE OS VERIA DE NOVO.
TORCI PRA QUE NÃO.

Eu lanço um sorriso.

— Ah, você está falando isso da boca pra fora, Warg. Somos amigos! E nós devíamos a você um enorme obrigado por salvar Dirk!

Warg me encara com cada globo ocular de seu corpo.

— Entãããão, nós temos um presente de agradecimento! — concluo.

— O que é este presente? — Warg pergunta, pensativa.

— Ah, você vai adorar! É uma... hã... enorme HORDA DE ZUMBIS! Toda sua! Eles estão lá fora! Não sei onde quer colocá-los, mas pensamos que talvez ficassem bem na fazenda de árvores de Natal, hein? E assim eles não podem sair e nos morder, além de você também poder cuidar deles, não é? De novo, é um PRESENTE, então, DE NADA.

Mandei muito bem!
Será mesmo?

— Jack está viajando — interrompe Dirk.

— Não estou! — exclamo. — Este é um gesto maravilhoso que estou fazendo.

Dirk suspira.

— Warg, eu quero mesmo te dizer obrigado. Eles me contaram o que você fez e eu devo, hã, devolver isso a você.

Dirk enfia a mão na bolsa e puxa... ah, não. O globo ocular! Está achatado e desinflado, mas é definitivamente o olho de Warg.

Eu sussurro:

— Cara, você estava carregando isso o tempo todo?

— Que maneiro... — Quint diz.

O globo ocular está retorcido. Um mês em uma mochila pode retorcer qualquer coisa. Mas um globo ocular murcho? Bem desagradável.

Warg silenciosamente o pega de Dirk e o coloca no chão. Dezenas de olhos rolam do corpo dela, circundando e inspecionando o achatado.

Felizmente, Bardo aparece na porta, interrompendo este momento embaraçoso.

— Quint, June, Dirk, por favor, tragam os zumbis para dentro da cerca da fazenda — Bardo ordena. — Jack, fique.

Quint me lança um olhar, como se eu tivesse sido convidado a fazer algo especial e ele não. Mas então ele faz um feliz sinal de positivo, porque ele é esse tipo de amigo.

Depois que todos saem, Bardo não perde tempo.

— Jack, diga a Warg o que aconteceu com sua arma...

— Hã, bom... — começo e percebo que estou envergonhado e constrangido, mas conto tudo a ela.

Quando termino, todos os olhos de Warg inflam e esvaziam lentamente ao mesmo tempo. Acho que é a versão Warg de um suspiro profundo ou algo assim. Então ela estende a mão com a palma aberta.

Ela quer o Fatiador. E eu hesito. Já o perdi uma vez e não vou deixar isso acontecer novamente. Mas as guelras do pescoço de Bardo flexionam e soltam um grunhido áspero.

Eu entrego a ela.

Warg passa a mão por todo o comprimento do Fatiador.

— Ghazt... — ela diz suavemente.

— Correto — Bardo diz —, o poder dentro da arma apareceu quando a energia de Ghazt invadiu esta dimensão...

Então os olhos de Warg voltam para seu corpo — o globo ocular murcho de Dirk se foi, comido ou absorvido, imagino, pelos outros olhos —, eles parecem quase restaurados agora que estão de volta à sua base.

É estranho.

Warg se inclina para frente e diz:

— Não quero ver este mundo destruído como a nossa casa.

Bardo concorda com a cabeça.

— E é por isso que o poder dentro desta lâmina deve se tornar conhecido.

Warg e Bardo trocam um longo olhar. Tão longo, na verdade, que eu sou obrigado a dizer:

Hã.
Vocês vão se beijar?
NÃO. EU NÃO BEIJO.

Warg olha para Bardo e para mim.

— Vocês podem manter os zumbis aqui — ela diz relutante. Sua boca é uma linha dura e severa. — Mas há uma condição.

— Eu não tenho que ver vocês se beijando, né?

Bardo me lança um olhar que diz: "Não me envergonhe na frente da senhora dos globos oculares."

JACK SULLIVAN, VOCÊ DEVE APRENDER OS LIMITES DO PODER DESTA ARMA. BARDO O AJUDARÁ.

— Espere, vocês estão falando de tipo um treinamento? — pergunto. — Estou prestes a ser treinado?

De repente, a estranheza que eu sentia sobre os zumbis se foi, porque estou COMPLETAMENTE ENLOUQUECIDO que estamos falando sobre treinamento! Dou a Bardo um sorriso que provavelmente é assustador.

Bardo me lança um olhar de "quem, eu?", mas aposto que está secretamente animado para fazer isso, porque, quer ele saiba ou não, estamos prestes a montar um treinamento pesado. E, literalmente, TUDO QUE EU SEMPRE QUIS FOI MONTAR UM TREINAMENTO PESADO!

— SIM! — exclamo. — Isso vai ser...

Nesse momento, June grita lá de fora.

ISSO!
INCRÍVEL! SEREI TREINADO POR MONSTROS PARA PODER SER UM PODEROSO HERÓI CONTROLADOR DE ZUMBIS!
SUSPIRO
HERÓI!

— Jack! Vem aqui! É HORA DA FOTO!

Bardo e Warg me seguem para fora. Meus amigos estão içando a cauda de Ghazt para o telhado de uma velha barraca de chocolate quente.

— Isso é maior do que o maior peixe que meu pai já pescou — Dirk fala, impressionado.

Posso ver que Dirk se sente péssimo, mas está lutando contra esse sentimento. Como quando você tem uma festa de aniversário para ir, mas pega uma gripe e NÃO QUER perder a festa, então se força a tentar aproveitar, mesmo que queira desmaiar e talvez chorar. Dirk é um soldado.

— Bardo entre na foto! — June chama. — Você também, Rover!

Todos nos reunimos e damos nossos sorrisos mais extravagantes.

Pouco antes de Warg tirar a foto tenho uma sensação estranha. É como aquela sensação no final das férias quando você vê uma daquelas placas de volta às aulas e isso faz você perceber: os bons tempos *acabam rápido.*

As coisas estão bem agora, mas talvez não continuem assim por muito tempo...

Capítulo Oito

Dois dias se passam, dias de descanso e recuperação. E então é hora de

TREINAMENTO DO HERÓI LENDÁRIO!
DIA UM!

Meu despertador toca, mas eu não estou bravo e nem aperto o botão de soneca.

Que bestas devo matar hoje? Quantas canecas de gosma devo derramar?

Uma coisa curiosa sobre despertadores, era de se imaginar que durante o Apocalipse Monstro você não precisaria mais deles...

Mas não!

Ainda amo o botão de soneca.

Exceto hoje! Porque hoje EU VOU TREINAR! O Fatiador tem poderes e eu devo aprender a usá-los, o que é totalmente uma aventura ao estilo Skywalker!

O cheiro do café da manhã me leva para baixo.

— Guarde algo para mim! — grito enquanto coloco meu moletom e pulo para a cozinha tentando enfiar os pés nos meus tênis sem desamarrar os cadarços.

Eu caio em uma cadeira e pergunto:

Então... o que vocês farão hoje?

Devo iniciar meu exame da cauda. Deixarei Bardo orgulhoso!
Não ouvimos nada no rádio há meses! Preciso encontrar outro jeito de nos conectarmos aos sobreviventes...
Só relaxar! Ouvir uma música.

— Bom, pessoal — falo. — Os seus planos parecem ótimos, e eu gostaria de poder largar tudo e ficar aqui, mas tenho um treinamento de herói pela frente!

Com isso, Quint se dirige para a sorveteria do outro lado da cidade, onde estudará o rabo do rato. June corre escada acima para brincar com o rádio. Dirk coloca seus fones de ouvido, põe

Metallica e se joga em nossa rede. E eu coloco meu corpo em movimento.

Pego algo para comer durante a viagem e saio.

Do lado de fora o ar está frio.

As narinas de Rover sopram grossas nuvens de vapor enquanto ele avança por Wakefield em direção à fazenda de zumbis. Meu coração está batendo forte, não tenho certeza se estou animado, ansioso ou se animado e ansioso são exatamente a mesma coisa e ninguém me disse.

Quando chego à fazenda, Bardo está esperando por mim. Os zumbis estão por perto, presos em um curral feito com redes de árvore de Natal. Eu passo em direção a Bardo, seguro meu Fatiador e paro quando estamos cara a cara, esperando pacientemente, como um bom pequeno herói em treinamento.

O rosto de Bardo está tenso. Ele está prestes a dizer aquelas coisas intensas de mentor, tenho certeza disso. Aí vem...

— Sinto o cheiro de comida — ele exclama. — Você estava comendo algo delicioso?

Isso foi menos intenso do que eu esperava.

— Oh, sim, desculpe. Eu não deveria ter comido? O treinamento de herói é como uma daquelas consultas médicas onde você não pode comer antes?

— E você me trouxe algo?

— Hã, claro...

Jogo para ele o que sobrou do meu café da manhã.

Enquanto ele engole tudo, estou me sentindo impaciente... vamos colocar logo esse show na estrada, certo? É isso! Este é...

TREINAMENTO DO HERÓI LENDÁRIO!
DIA UM!

ONDE EU, JACK SULLIVAN, COMEÇO O CAMINHO PARA SER O MESTRE MANIPULADOR TOTAL DE ZUMBIS!

ENTÃO, COMO ISSO FUNCIONA? POR ONDE COMEÇAMOS? O QUE EU FAÇO?

Faço uma careta.

— Espera aí, hã... O QUÊ?

— Por onde começamos? — Bardo pergunta.

— Por que está me perguntando? Você está no comando! *Você* me diz o plano. É, tipo, socar peças de carne penduradas? Ah, já sei! Mover pedras com minha mente? Ou talvez, primeiro...

— Eu não tenho ideia, Jack.

— Bardo... VOCÊ é o treinador! — exclamo. — O mentor! O guia místico! Você sabe, *faça ou não faça* e toda aquela besteira.

Bardo coça o nariz e dá de ombros.

— Espere, então... você *não é* meu mentor?

Estou prestes a chutar o chão de frustração quando percebo... É CLARO! Este pequeno obstáculo é simplesmente um dos desafios no meu caminho para me tornar um HERÓI LENDÁRIO!

— Certo, não se preocupe, Bardo — digo. — Já assisti filmes suficientes com montagens de treinamento suficientes para saber exatamente como fazer isso.

— Filmes de montagem de treinamento? — Bardo pergunta, perplexo.

— SIM! — respondo. — Veja só, primeiro eu vou ser muito ruim. Mas então haverá cerca de sete minutos de treinamento (quero dizer, serão dias e dias, mas parecerão sete minutos). Mas ainda vou ser péssimo. Então eu farei isso...

Bardo, não posso continuar porque sou péssimo!
Mas então...
Você diz algo profundo e incrível tipo...
OLHE PARA DENTRO, PARA O LUGAR ONDE ESTÁ SEU CORAÇÃO, LÁ É ONDE ESTÁ SUA VERDADEIRA FORÇA.
E finalmente...

BUM! Estou oficialmente treinado, tenho FORÇA INTERIOR e estou conseguindo fazer um SUPER CONTROLE IRADO DOS ZUMBIS!
O Monstro Marítimo de Sete Olhos!

Bardo não parece convencido, mas ele não tem escolha.

— NÓS VAMOS FAZER ISSO — afirmo.

— É claro que vamos — Bardo responde. — Assim que terminarmos de comer.

TREINAMENTO DO HERÓI LENDÁRIO! DIA DOIS!

Onde eu, Jack Sullivan, recém-conhecedor da arte de treinar, faço algum treinamento real!

Eu preciso de algo, tipo um alvo, que eu possa tentar fazer com que os zumbis ataquem.

Então trago de volta a June-Isca, o mesmo boneco estranho que usamos quando estávamos tentando pegar um zumbi. Mas eu me sinto estranho usando a June, mesmo uma June que é um boneco empalhado que era alvo dos mortos-vivos.

Então monto a June-Isca como um espantalho, dou a ela algumas roupas novas, adiciono um machado de plástico de Halloween e logo vira...

O BONECO-ALVO SKAELKA!

Eu me aproximo cuidadosamente dos zumbis, segurando o Fatiador, e me concentro, canalizando minha energia, indo para meu lugar feliz; meu santuário interior e feliz do Jack Sullivan. Eu *tenho* que ser capaz de comandar estes caras! E finalmente, depois de muito tempo...

Nada acontece!

Niente. Zero. Nada.

Então eu digo:

— Está bem, Bardo, deixa pra lá, eu sou péssimo. Em vez disso, vamos fazer uns saltos de bicicleta!

E fazemos isso.

Os dias dois, três, quatro e cinco são praticamente o esperado, com base no meu cronograma de treinamento do herói: péssimo, péssimo no nível seguinte, pior, ainda pior. Até que...

TREINAMENTO DO HERÓI LENDÁRIO! DIA SEIS!

Onde eu, Jack Sullivan, prometo a Bardo que não haverá mais saltos com bicicletas e FINALMENTE FAREMOS COISAS IRADAS DE VERDADE.

Sem brincadeiras. Foco puro. Dentro da minha cabeça, eu repito as palavras *Zumbi, ataque o alvo! Zumbi, ataque o alvo!*

Então eu giro o Fatiador cortando o ar e...

— O zumbi se moveu! Bardo, você viu isso? Ele se moveu!

— Eu o vi cair.

— Sim! E fui eu que o fiz cair!

— De fato — diz Bardo, cansado —, mas não era sua intenção fazê-lo cair.

— Sabe, você é um verdadeiro monstro de vidro vazio, Bardo. Alguém já te disse isso?

Então de repente...

Eu grito e solto o Fatiador.

Está queimando em brasa de novo... tão quente que nem consigo segurar.

Eu o pego mesmo assim e suspiro. Bardo está certo, isso não foi bem um progresso. E ter um verdadeiro progresso será difícil se cada vez que estou prestes a fazer algo legítimo a lâmina esquenta e minha mão vibra com aquela dor insuportável...

Eu insisto, mas a lâmina continua queimando.

Finalmente, quando o dia acaba, eu gemo:

— Bardo, isso não é bom. Não consigo controlar um zumbi, muito menos um bando deles! Quer dizer, depois de nove horas... olha o meu péssimo nível de realização!

Este dia foi um fracasso.
GOSTARIA DE TER PALAVRAS DE ENCORAJAMENTO, MAS NÃO TENHO.

TREINAMENTO DO HERÓI LENDÁRIO! UM MONTE DE DIAS!

Onde eu, Jack Sullivan, definitivamente tenho sucesso no meu treinamento! Mesmo que eu queira desistir!

Todo dia é uma droga, é o mesmo dia ruim se repetindo: acorde cedo, tente fazer um bom controle de zumbis, falhe.

No décimo terceiro dia, um movimento fracassado do Fatiador me fez cair de bunda. É quando eu finalmente digo:

— Já *sei*, Bardo! Vou jogar videogame.

Bardo fecha a cara.

— Você desistiria tão rapidamente?

Eu dou de ombros.

Já enfrentei muita coisa: Blarg, Thrull, o Rei Alado, Evie, Ghazt... Isso não deveria ser tão difícil, mas é!

É um tipo diferente de difícil. Isso não é algo que eu posso simplesmente cortar ou alguém com que eu possa lutar. Esse desafio precisa de algo mais, algo novo e mais profundo. Mas eu não sei o que é...

Eu suspiro e penso na época anterior ao Apocalipse Monstro, apenas *nove meses atrás*:

BUR
BURGS
Tudo era mais simples.
Agora tudo é complicado.

Nada realmente importava na época.
Tudo importa agora.

Este treinamento é *importante*.

E essa é a questão: por trás de cada movimento do Fatiador, por trás de cada tentativa de foco, eu sei que, de certa forma, esse poder é a CHAVE para salvar O MUNDO, que o mundo depende disso; o mundo depende de MIM.

Isso é muito para uma criança! Quero dizer, como UMA pessoa deve proteger a tudo e a todos?

É injusto! É RIDÍCULO! A enormidade da tarefa é enorme demais!

— Bardo — digo. — Vou jogar videogame, tá bom? É o que farei hoje. Essa é a minha decisão.

Bardo dá um passo, bloqueando meu caminho.

Há algo em seu rosto que eu nunca vi antes, seus ombros ficam tensos.

Um vento repentino sopra pela fazenda e a peruca de um zumbi voa.

O ar ao redor de Bardo parece parado, sua voz está pesada e rouca quando ele diz:

— Jack, a hora de Ṛeżżőcħ se aproxima. Você deve entender o quão importante isso é.

— Eu entendo... — respondo. — Mas também entendo o quão importante é o tempo livre para relaxar jogando videogame.

E então surge o RUGIDO da magia de Bardo e...

HORROR!

Horror. Um terror repentino. Um pesadelo escuro como breu se espalhando e preenchendo totalmente a minha visão. Um monstro maior que o próprio céu.

O medo desliza por mim! Eu não penso, só faço. Balanço o Fatiador, um golpe estridente que corta a escuridão da criatura na minha frente, uma criatura que não está lá de verdade...

A escuridão se desintegra e, quando a tinta escura desaparece, eu vejo uma dúzia de zumbis de costas.

Eu os movi.

Eu fiz isso. EU CONSEGUI!

Mas então... DOR! A lâmina fica tão quente que a dor se espalha por cada molécula do meu corpo. O FATIADOR cai no chão. Eu desabo ao lado dele, arfando, segurando minha mão queimando.

UMA CONJURAÇÃO. UM TRUQUE. VOCÊ NÃO ENTENDE O QUE ESTÁ EM JOGO, JACK.
NÃO COMPREENDE O QUE PODE ACONTECER AO SEU MUNDO, ENTÃO EU MOSTREI A VOCÊ.
Eu compreendo! Mas não posso fazer nada a respeito se cada vez que chego na metade do caminho minha MÃO É ENGOLIDA POR FOGO INVISÍVEL!

— Sinto muito — digo com um suspiro pesado. — Seja qual for essa tarefa, eu não estou à altura.

— Isso não é aceitável — Bardo responde.

— Mas e se for verdade? Quero dizer, há outros sobreviventes por aí. E outros monstros bons como você. O que *eles* estão fazendo? Por que tudo isso é TRABALHO MEU?

E eu rio, porque essa situação me lembra de quando o professor passa um projeto em grupo, mas ele escolhe os parceiros e uma pessoa acaba fazendo tudo sozinha. É assim que eu vejo tudo isso, só que este é um projeto em grupo para SALVAR TODA A DIMENSÃO DE UM FIM DEFINITIVO!

— ... fim definitivo — termino de falar, pensando em voz alta agora. E então, baixinho, falo: — Bardo, eu poderia te fazer uma pergunta? Uma pergunta bem séria?

Bardo concorda com a cabeça.

— Quando tudo isso acabar, se tudo acabar, você quer, tipo, ir para casa?

Bardo simplesmente diz:

— Minha casa está destruída. Agora é a casa de Ŗeżżőcħ.

Eu olho para ele. O sol da tarde reflete no punho da espada de Bardo e nos cobre com uma luz laranja.

— Então o que você, hã, quer? — pergunto. — Quer dizer, todo mundo tem que querer alguma coisa, aprendi isso na aula de inglês.

Bardo espera um bom tempo antes de responder.

QUANDO TUDO FOR DITO E FEITO, QUERO TER SIDO ÚTIL. FEITO A DIFERENÇA.

Acho que é uma resposta muito boa. Eu gostaria da mesma coisa.

De repente, ouço o barulho de um motor.

Eu pulo e vejo a Big Mama voando no horizonte, Quint ao volante! O que é isso? Não. Que porcaria é essa? June está no banco de trás!

Eles estão curtindo! E sem mim!

Uma das partes ruins dessa coisa de treinamento é que isso está me afastando dos meus amigos!

Tipo, na semana passada, voltei para a casa da árvore e Quint, June e Dirk estavam rindo e contando uma piada interna. Isso mesmo... uma piada interna da qual EU NÃO FAZIA PARTE. LITERALMENTE MEU PIOR PESADELO.

O Jack não vai pegar essa!
Tinha que estar aqui!
Estou muito feliz de sermos apenas nós fazendo essa piada juntos!
Até eu achei boa!

Bom, não foi exatamente assim, mas essa é a ideia. De qualquer forma, eu penso: "Não, não vou deixar meus amigos criarem novas piadas internas a menos que eu esteja dentro, ajudando a criá-las, junto com eles..."

Eu corro para longe da fazenda, gritando por cima do ombro:

— Bardo, preciso ver meus amigos, é urgente, coisa de amizade, volto logo!

Estou com uma cãibra brutal do lado do corpo e meus tênis bobos que acendem estão piscando loucamente quando eu finalmente alcanço a Big Mama.

Bufando, arfando, eu vejo...

Há uma grande engenhoca de metal pendurada na lateral do carro! O que eles estão fazendo, pescando monstros aéreos?

Então Quint e June me veem e me lançam um olhar de: "Quê?".

Eu desmorono contra Big Mama e consigo dizer:

— Peguei vocês e sua... Operação... *arf*... piada interna... *arf*...

Mas é quando eu vejo, na parte de trás.

O rádio.

Oh.

Não ouvimos nada no rádio desde a última transmissão, meses atrás.

Estamos tentando nos comunicar de novo com os outros sobreviventes.
Mas todas as transmissões desapareceram...
Temos andando por aí o dia todo procurando lugares com uma recepção melhor. Mas nada.

Eu suspiro, essa piada interna não teve graça.

Quint e June estão olhando para mim como se eu fosse quebrar, como se eu fosse uma torre alta de Legos que pode cair a qualquer momento. Parece que causei uma bela impressão naquela vez que... bom, você sabe... eu **SURTEI COMPLETAMENTE**.

RÁDIO ESTÚPIDO!
PAIS ESTÚPIDOS!
VONTADES, NECESSIDADES E FAMÍLIAS ESTÚPIDAS!
ESTOU BEM AQUI, MAS VOCÊS SÓ LIGAM PRA ESSE RÁDIO!
TUDO QUE VOCÊS QUEREM É PEGAR O QUE CONSTRUÍMOS E DESTRUIR TUDO!
ESSE RÁDIO É UMA FERRAMENTA DE DESTRUIÇÃO. DESTRUIÇÃO ATÔMICA DE AMIZADE
O dia que surtei de forma assustadora.

— Ei — eu falo, voltando a realidade. — Espero que consigam fazer funcionar. De verdade!

Quint sorri e estica mão para mim. Eu a agarro e ele me puxa para a Big Mama.

Tem algo pesado no ar, como se todos estivéssemos pensando em coisas *muito importantes*.

Olha para baixo, para minha arma e para minha mão.

— Como vai o treinamento, jovem Jedi? — Quint pergunta.

— Cara, honestamente, uma DROGA. EU SOU O PIOR DOS PIORES. Achei que seria como Karatê Kid. Ou Rocky. Mas é mais como, sei lá, um filme sobre um cara que nunca teve e nem terá sucesso.

Quero apenas ir para casa com meus amigos, me jogar no sofá, assistir filmes, comer e jogar meleca seca pela janela.

E então decido: preciso de uma pausa no treinamento. Desesperadamente. Porque estou ficando muito frustrado, tão frustrado que posso acabar desistindo para sempre.

E não posso fazer isso, porque o Fatiador e seu poder estranho vão ajudar a nos manter vivos. Todos nós: Quint, June, Dirk...

— Espere um segundo — falo. — Dirk não está aqui. Cadê o grandalhão?

June franze a testa.

— No mesmo lugar que esteve a semana toda... deitado, com fones de ouvido e música tocando. Tentamos fazer com que viesse, mas ele nos dispensou.

Eu olho para June.

— Então já sei o que temos que fazer. Quint pode estar ocupado estudando a cauda, mas nosso amigo Dirk está deprimido, e um amigo deprimido exige medidas drásticas. Até mesmo uma *missão operação*. Isso mesmo, estou falando de...

Olho para June em sua pose orgulhosa.

— Tudo bem, tudo certo, mas normalmente sou eu quem anuncia os grandes planos e as porcarias.

— Problema seu, Sullivan — ela responde com um leve sorriso. E esse sorriso me faz sorrir.

Capítulo Nove

MISSÃO OPERAÇÃO: ANIMAR O DIRK! COMEÇOU!
Não sei se gritar vai melhorar o humor dele.

— Certo, desculpe — June diz rapidamente. — Eu me empolguei.

Dirk geme e vira de lado.

— Caras, eu não preciso me animar.

— Você está *dormindo* em um trampolim — June aponta.

— E você não pode ficar chateado em um trampolim — falo. — É fisicamente impossível.

June dá de ombros:

— E, mesmo assim, aqui está ele. Desanimado em um trampolim.

— Pessoal, fiquem quietos e me deixem em paz — Dirk resmunga. — Eu estou com esses fones grandes porque não quero ouvir o mundo exterior. Entenderam?

Eu concordo com a cabeça.

— Eu entendo, mas o AZAR É O SEU, VOCÊ VEM CONOSCO! June e eu planejamos um dia inteiro de atividades de animação. Você nunca conhecerá felicidade como a de HOJE! June, qual é a primeira atividade de animação?

June olha nossa lista e franze a testa:

— Divirta-se no trampolim.

— AH. Droga. Bom... que droga.

Começamos mal. E a coisa só fica pior...

Tentamos de tudo: maratona de filmes ruins, desafio de cozinhar chili, malabarismo com nó de alho, concurso de cuspir mais longe e até uma festa de dança com *mosh*.

Depois de nossa décima nona tentativa fracassada de animar Dirk, June diz:

— Talvez Dirk não esteja precisando se animar, talvez ele só precise, tipo, *relaxar*.

— Ah, tipo uma massagem? — sugiro. — É o que as pessoas na TV fazem quando precisam relaxar.

Então arrastamos Dirk para o spa onde todas as mães e pais costumavam ir antes do Dia dos Namorados para conseguirem um vale-presente de última hora e, bem...

Outro fracasso. A massagem não foi muito boa.

— June — digo —, se vamos fazer isso, precisamos ir para o lugar onde eu penso melhor!

— Não vou com você até o banheiro — ela responde.

— Não é o banheiro — falo enquanto ando em direção à Big Mama. — Minhas melhores leituras são no banheiro, mas o lugar onde penso melhor requer uma atmosfera totalmente diferente...

Veja só, meu melhor trabalho cerebral acontece quando estou jogando videogame. Sei que isso soa apenas como uma desculpa para jogar videogame, mas sério, é como se jogar clareasse minha mente o suficiente para que eu pudesse realmente pensar, mas ainda assim isso me divertisse o suficiente para não pensar demais.

E fica ainda melhor quando é...

VIDEOGAME NO
CAMPO DE FUTEBOL!

Quint teve a brilhante ideia de conectar nossos console ao enorme telão do estádio de futebol da escola.

No momento, June e eu estamos jogando enquanto Dirk cochila no banco de trás da Big Mama. As janelas chacoalham com seu ronco.

Acabei de explodir June com uma besta de atirador quando ela abaixou o controle e disse:

— Espero que seu cérebro esteja funcionando, porque precisamos fazer algo. Dirk está mais triste que... que...

Eu completo sua frase.

— Mais triste que games sobre o fim do mundo.

— Os jogos sobre o fim do mundo são tão horríveis quanto um caminhão enorme — June exemplifica. — Lembra quando esse jogo era uma batalha real de luta até a morte superintensa contra pessoas de todo o mundo? Cada um por si, a última pessoa em pé vencia?

Faço que sim com a cabeça.

— Antes do fim do mundo... era um combate on-line constante!

Mas agora é apenas uma tigela de poeira digital. Uma terra devastada. Quando June, Quint e eu nos sentamos para jogar pela primeira vez, parecia que o mundo do jogo também havia entrado no modo apocalipse...

Mas Quint usou seu cérebro de gênio para conectar vários consoles, então, no mínimo, nós três poderíamos jogar um com o outro.

Infelizmente esta sessão de jogo não está me dando nenhuma ideia brilhante para fazer Dirk feliz.

Só então ouço um motor rugir: é um *BoomKart* rugindo pelo campo de futebol. Eu olho para trás e vejo Quint deslizando até parar, as rodas levantando a grama.

— Opa, jogando? — Quint grita enquanto pula do kart. — Manda um controle pra mim, amigo!

Quint sobe na Big Mama e se joga no sofá ao nosso lado. Ele está coberto de pelos de rato e entranhas de cauda. E está usando o capacete de futebol americano antigo de Dirk na cabeça, com fios e botões projetando-se para todos os lados.

— Que chapéu legal — eu digo, e a princípio estou sendo sarcástico, mas na verdade é um chapéu-capacete irado.

— Foi projetado para ajudar minhas ondas cerebrais a captar a energia emitida pela cauda — Quint explica. — Mas não tive sorte ainda, não é fácil fazer isso sozinho. Bardo vem checar às vezes, mas é como se ele nem quisesse aprender os segredos.

Estou tentando prestar atenção em Quint, mas meus olhos se fixam em seus polegares nojentos cobertos de gosma de Ghazt nos joysticks, eu quase vomito.

Você sabe como é irritante quando um amigo coloca pó de Cheetos ou pó de Doritos no seu controle bom? Isso é a mesma coisa, mas dezenove vezes pior, pois são vísceras de cauda de rato interdimensional!

Quint clica no jogo e uma notificação aparece na tela: NOVO JOGADOR ENTROU.

De repente, os olhos de June se arregalam e ela se levanta de um salto.

— CARAS! — ela diz. — Ouçam, ouçam, ouçam! E se o rádio está silencioso porque os sobreviventes conseguiram um jeito melhor de se comunicar? Talvez tenham ficado on-line e estão usando os games como um grande mural de mensagens!

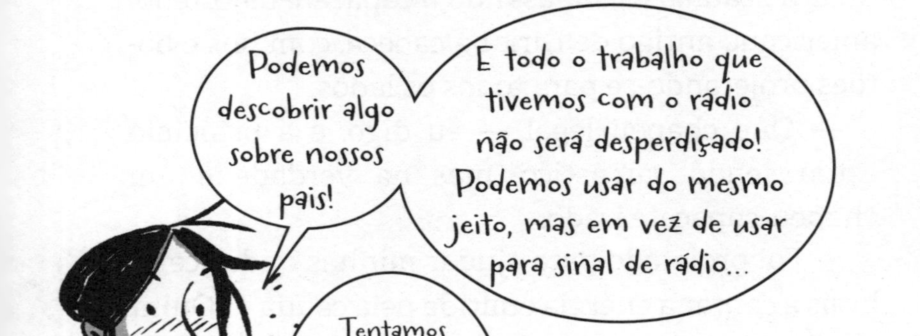

Podemos descobrir algo sobre nossos pais!
E todo o trabalho que tivemos com o rádio não será desperdiçado! Podemos usar do mesmo jeito, mas em vez de usar para sinal de rádio...
Tentamos pegar sinal de wi-fi com nosso videogame.

Uau!

Se June estiver certa... isso é algo ENORME! Quer dizer que poderemos jogar do jeito verdadeiro! Com outros humanos! E...

Ah, sim, claro! June está falando de achar a família dela, isso é mais importante.

Mas seu golpe de gênio me dá uma ideia. Somente neste momento eu olho para Dirk no banco de trás.

Eu puxo a alavanca do sofá-catapulta, me arremessando na grama, então corro para o lado da Big Mama.

Dirk está esparramado no banco de trás, cochilando, os pés para fora da janela. Pego seus tênis e os bato juntos.

— DIRK! Quando criamos nossas próprias tradições para as festas, você se lembra qual era a sua?

Dirk está grogue.

— Cara, estou cochilando.

— Você odeia cochilar.

— Bem, agora eu gosto — ele resmunga. — Quando sua cabeça é um lugar ruim para se estar, é bom desligá-la um pouco.

Isso é muito profundo para mim agora, então eu apenas o lembro:

— Você só falava de ser REI DO PEDAÇO...

ESTOU TOMADO DE ALEGRIA!
BOOM

— Olha só, amigão — eu digo. — Ninguém nunca precisou se animar mais do que você agora.

Dirk grunhe e rola, ficando de bruços. June e Quint estão discutindo animadamente sobre o wi-fi. Eles são como dois papagaios tentando enganar um ao outro.

Mas eu sinto um plano se formando. Um plano para consertar meu amigo. Estou pensando, pensando, ideias girando e, finalmente, subo na Big Mama e simplesmente explodo:

Vamos jogar de verdade.
Você precisava fazer um anúncio desses só porque eu fiz um, né?

Capítulo Dez

Dezenove minutos depois:
Preparai-vos, amigos guerreiros!
Pois esta será uma batalha como nunca experimentaram!
É o... A ÚLTIMA CRIATURA DE PÉ!
Já está bom, pode descer.

De volta à cidade, não consigo conter minha empolgação! Estamos lançando uma *batalha de games* da vida *real bem aqui, em Wakefield!*

Skaelka grita:

— SIM! Combate! Finalmente!

Antes que eu possa explicar as regras, há um CLANG. E depois outro. O som de armas reais. À primeira menção de batalha, os monstros estão desembainhando espadas interdimensionais e tirando o pó de armas monstruosas!

— ESPEREM! ESPEREM! PAREM! — eu grito. — Alarme falso. Mal-entendido! A Última Criatura de Pé é um jogo!

Skaelka está confusa.

— Você quer dizer... nada de batalha real até a morte?

— Hum. Não. Sem batalha até a morte — respondo.

— Nem um pouco? — Skaelka pergunta.

— Não.

— Um pouquinho apenas então?

— Nem um pouquinho, Skaelka. Zero.

Skaelka resmunga. Os monstros reclamam.

Felizmente, June salva o dia.

— O motivo de não ser uma batalha real — June explica — é porque seria muito fácil para vocês! Dessa forma, será um desafio. Um grande desafio do tamanho de um gigante.

Os olhos de Skaelka se arregalam.

— Skaelka gosta de desafios, não tanto quanto Skaelka gosta de lutar até a morte, mas Skaelka aceita o que for possível.

Mas alguns monstros não estão convencidos, desde as Olimpíadas dos Monstros e Humanos nossos amigos monstros ficaram enlouquecidamente competitivos. Não foi o suficiente para convencê-los... eles precisam de provas.

— Que prêmio o vencedor recebe? — um monstro pergunta.

— O intestino grosso de um kromlin para ser usado como colar? — outro grita.

— Ou o intestino delgado de um kromlin para ser usado como uma pulseira? — outro questiona.

Estamos olhando para um mar de rostos de monstros céticos. Skaelka passa o dedo pelo machado e diz:

— O que é esse O Ataque Dos Vermes Malditos 2 de que você está falando?

Quint olha para mim, encolhe os ombros e decido me comprometer com a mentira.

— Ah — começo —, na Terra, O Ataque Dos Vermes Malditos 2 é como, hã, o prêmio final. Sim! Apenas os guerreiros mais corajosos são homenageados com Vermes Malditos 2. Se você tem uma cópia do Vermes Malditos 2 você é basicamente O CAMPEÃO.

Os monstros se agrupam. Há muita discussão sussurrada.

E depois...

VERMES MALDITOS 2!
VERMES MALDITOS 2!
VERMES MALDITOS 2
EM VHS!
Eles vão ficar tão bravos quando souberem que o Kevin Bacon nem fez o dois...

Capítulo Onze

Três dias depois. Quase hora da *batalha*. Mas MUITA COISA aconteceu em três dias. Uma lista rápida:

- Dirk continua de mau humor e dorme... nada mais. Algo está muito errado com ele.
- Eu treino muito... e falho muito. Minha vida não é a épica montagem de treinamento que eu tinha em mente...
- Quint estuda o rabo do rato... e espalha suas entranhas em todos os lugares. Agora há uma camada de gosma no assento do vaso sanitário, e vamos apenas dizer que o vaso sanitário já sofreu demais.
- June se tranca em seu quarto, totalmente focada em descobrir como transformar o Wi-Fi do videogame em um aparelho para "encontrar os humanos".
- Além disso, Rover é fofo. Superfofo. Como sempre.

E então, finalmente, é hora de jogar *uma batalha de games* NA VIDA REAL...

A Praça da Cidade é como a antessala do jogo, estamos todos reunidos ao redor dela, vestidos com o equipamento completo para A Última Criatura de Pé.

Por equipamento quero dizer: roupas e equipamentos bizarros. Alcançamos o NÍVEL MÁXIMO no departamento de fantasias e *skins*.

Vamos batalhar em times de dois jogadores se enfrentando, o último time sobrevivente vence! Sugeri duplas para fazer parceria com Dirk...

Porque esse é o verdadeiro objetivo desse jogo: descobrir o que está incomodando meu amigo.

E quando seu amigo está sofrendo, isso é um negócio sério. E se precisar da névoa da guerra para conseguir entrar em sua cabeça, que assim seja...

Estamos posando com equipamentos radicais para parecer legais. Durante o jogo, todas as ferramentas e armas ficarão escondidas em CAIXAS DE PILHAGEM!

— JOGADORES, ESCUTEM! — Quint grita enquanto dita as regras. Eu meio que me divirto, porque são todas padrão. Mas existem duas grandes exceções:

Nº 1. CAIXAS DE EQUIPAMENTOS: *Armas feitas por Quint, como lançadores de bola de futebol, canhões etc., foram escondidos em CAIXAS DE EQUIPAMENTOS pela nossa cidade. Veículos também! Encontre-os e use-os contra seus inimigos!*

Em um videogame, as caixas de equipamento simplesmente surgem aleatoriamente. Infelizmente, não temos poderes aleatórios de geração de caixas de equipamento, então temos o Grandão para espalhar as caixas e veículos por toda a cidade dos monstros.

E Nº 2, a segunda grande diferença: GOSMA-GOSMENTA.

Assim como um videogame, quando um jogador está fora, ele está fora, sem fingimento! Mas precisávamos de uma maneira de garantir que ninguém trapaceasse. Quero dizer, todos nós brincamos de pega-pega com lanterna com aquele garoto que foi muito pego, mas ainda está dando cambalhotas e dizendo:

— Não, você não me acertou! Não, você não me viu!

Esse garoto é o pior.

Não seja esse garoto.

Felizmente, Quint apareceu com uma gosma brilhante e ofuscante! Quando ele explicou aos monstros pela primeira vez, parecia um apresentador fazendo propaganda...

Quint encarregou Skaelka da montagem das armas com Gosma-gosmenta. Então, nos últimos três dias, os monstros ficaram enfurnados na Pizza do Joe em algo que parecia a oficina do Papai Noel.

Eu só posso imaginar como foi isso...

Dou uma olhada em Dirk e vejo que ele não está bem.

Gosma-gosmenta, todas as armas estão carregadas com ela! Se for acertado, isso o deixará lento e o fará parar. E estará efetivamente fora!

Ele está olhando para o nada, sem piscar. Não posso esperar mais para fazê-lo melhorar, então dou uma cotovelada em Quint.

— É hora de colocar o show na estrada.

PRECISO DE 300 ARMAS DE GOSMA, E PRECISO PRA ONTEM!

Quint ergue seu controle remoto multiuso acima da cabeça e berra para a multidão, um sorriso febril cruzando seu rosto enquanto ele aciona um botão e...

BA-SHOO-BUUM!
A Quint Games orgulhosamente apresenta... A Última Criatura de Pé.
Lute com os Amigos! Ache veículos e equipamentos!
SOBREVIVA A TODO CUSTO! E não se esqueça... o vencedor é o último time de pé!

Fogos de artifício disparam do telhado da casa da árvore e voam pelo céu! O jogo começou...

Capítulo Doze

Não estamos nem cinco minutos nisso, mas eu sinto que já ganhei, porque isso vai animar o Dirk.

Mas também porque vamos ganhar de verdade e de uma forma legítima! Nós temos uma vantagem: *meu conhecimento enciclopédico de videogames*! Eu sei que a melhor maneira de vencer um combate real é:

1. Encontre um veículo.
2. Ande por aí com esse veículo, evitando outros jogadores, até encontrar uma caixa de equipamentos.
3. Pegue sua caixa de equipamentos e se esconda em um local seguro enquanto os outros jogadores lutam entre eles! Quando quase não sobrar ninguém, você simplesmente...
4. ARRANCA PARA A VITÓRIA FINAL!

Estou tentando explicar isso a Dirk quando vemos Skaelka. Ela já completou a Etapa 1. Estico o pescoço para olhar para seu veículo monstruoso incrível.

Skaelka está dentro da casca enferrujada de um fusca dos anos 1980. Mas a estrutura do carro é, na verdade, a concha de uma espécie de caranguejo eremita de outra dimensão. Então é...

– A Carapaça –

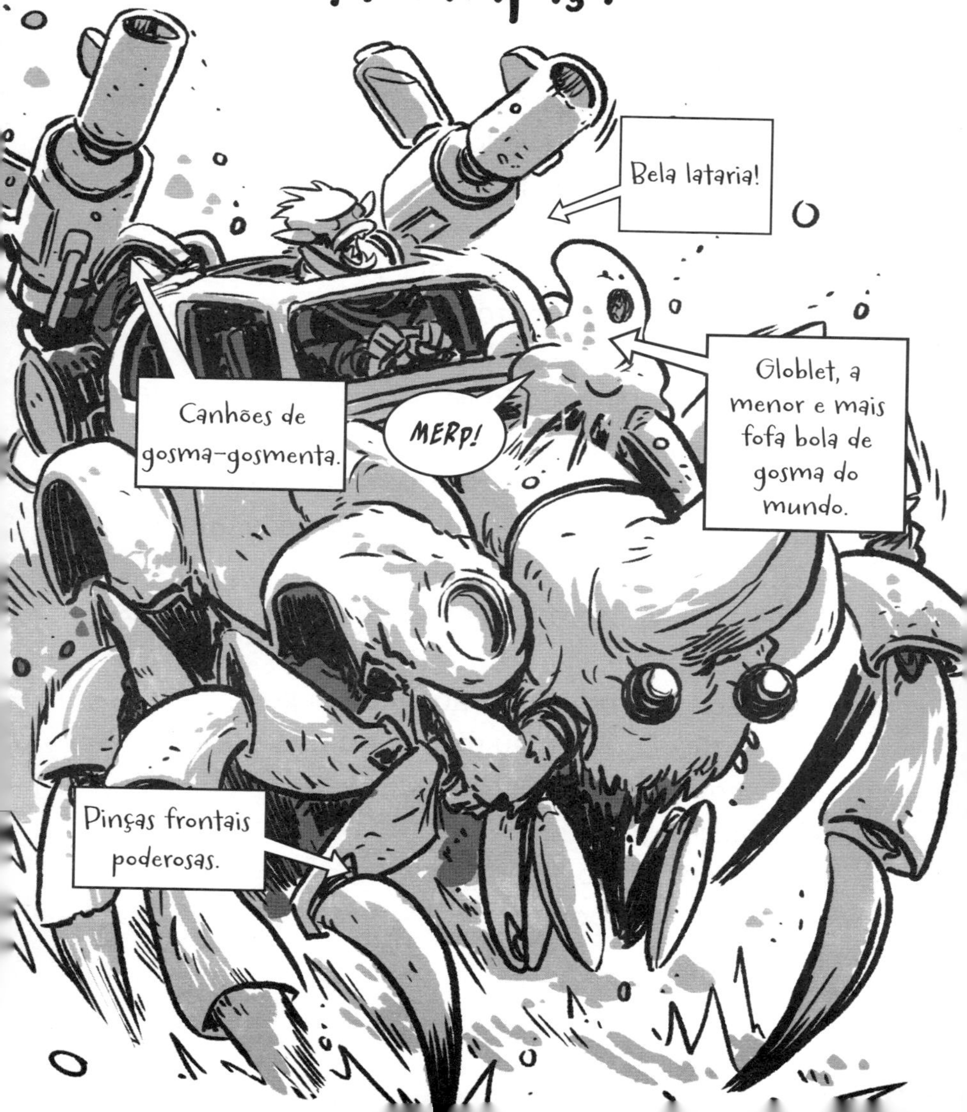

Skaelka fez parceria com Globlet, uma criatura que parece um chiclete minúsculo e muito abraçável. Skaelka e Globlet já devem ter encontrado uma caixa de equipamentos, porque eles têm duas armas de Gosma-gosmenta enormes apontadas para nós.

— Olá, humano Sullivan — Skaelka diz com um sorriso. Estou olhando para o cano de um Canhão de Gosma-gosmenta.

Eu engulo em seco. Ah, cara, não podemos ser eliminados do jogo tão cedo, ainda não tive a chance de um papo sincero com Dirk.

Felizmente, naquele mesmo segundo, mais dois monstros vêm gritando pela rua, eles estão andando em scooters motorizadas, e descarregam as armas em Skaelka e Globlet.

Skaelka se abaixa. Globlet se esquiva, o ataque de gosma não os acerta.

— Jack, você deu sorte desta vez — Skaelka afirma. Então ela vira a Carapaça, atacando seus inimigos.

Ufa.

ESTÁ BEM. Hora de achar um veículo. Precisamos de um.

E preciso de respostas do meu amigo.

— Então, Dirk... — eu digo enquanto nos agachamos e corremos para atravessar Wakefield. — Você tem agido de uma forma estranha e está sempre triste. Você quer, tipo, falar sobre isso? Bater um papo?

Dirk nem responde.

— Olha, se você está se sentindo para baixo — continuo —, às vezes ajuda falar com os amigos sobre seus sentimentos...

— PARE! — Dirk ruge, surtando. — Cara, estou tentando jogar um videogame da vida real. E foi ideia sua, lembra? E se você prestasse atenção, ouviria o que eu ouço.

Eu paro e escuto.

— O quê?

— Um motor de BuumKart.

Ouço com mais atenção, ele tem razão! Então vejo: do outro lado da rua, dentro do posto de gasolina, há um BuumKart parado.

— PERFEITO! Encontrar um veículo é a Etapa 1 para ganhar uma batalha real. Vamos lá!

A janela do posto de gasolina sumiu faz tempo. Tento fazer salto de herói de ação, mas caio de cabeça. Dirk simplesmente entra pela porta da frente como um humano normal e me encara.

Porcaria. Não preciso de olhares mal-humorados de Dirk.

O objetivo é que Dirk se divirta, e se ele está me olhando fixamente, então não está se divertindo.

— Olha, mano — ele diz, apontando. — Encontrei um de seus baús idiotas de tesouro.

— Não é um baú de tesouro — digo. — CAIXA. DE. EQUIPAMENTOS.

Enquanto entro no BuumKart, Dirk abre a caixa. Ele encontra algo bacana.

— Marreta agora, conversa-mole depois — Dirk resmunga e sobe na traseira do Buumkart.

— Segure firme! — falo pisando no acelerador. — Agora evitamos todo mundo enquanto lutam entre si. E então: VITÓRIA!

CA-SCHLOOM! GOO-BUUM!

Falei cedo demais.

Granadas-Gosmentas começam a chover sobre nós. Wez e Fern, dois monstros voadores que moram na Pizza do Joe, estão mergulhando sobre nós.

Wez está armado com uma Besta-de-Gosma e apontando diretamente para Dirk.

— Hoje não! — Dirk ruge ao se esticar e agarrar a perna de Wez. O que talvez tenha sido ruim, pois Dirk é bem forte e agora estamos sendo levados para o céu...

Wez e Fern nos arrastam pelo céu. Temos uma bela vista aérea do jogo e estou apenas vendo a pista de skate aparecer quando, de repente, um silvo agudo preenche o ar.

— Cuidado! — Dirk grita.

Eu olho para baixo e vejo um fluxo de gosma-gosmenta subindo rapidamente, vindo em nossa direção. É outro time monstro, mas não consigo distinguir qual é. Wez desvia para a direita e DERRUBA o BummKart. De repente, estamos caindo!

— JACK, EU ODEIO ESSE JOGO! — Dirk grita enquanto despencamos.

— NÃO, VOCÊ ADORA! E ISSO ESTÁ FAZENDO VOCÊ SE SENTIR MUITO MELHOR! — eu grito, e então...

CLANG! O BuumKart pousa no topo do telhado da lanchonete de cachorro-quente da cidade. Saio com dificuldade enquanto Dirk prepara sua Gos-Marreta.

Dirk está apertando os olhos, embora não haja sol. Dirk é descolado a ponto de fazer isso.

Wez e Fern dão meia-volta, mergulhando no ar como nadadores sincronizados. Eles voam em nossa direção, Dirk balança sua marreta e...

SMASH!

Há uma explosão de gosma-gosmenta. Com um golpe, Dirk acerta e elimina os dois! Wez e Fern largam as armas e são lançados em arco para cima, voando sem controle. Suas asas batem no ar enquanto eles realizam uma lenta descida em espiral.

— A vingança será nossa, humanos! Mas será uma vingança amigável porque entendemos que é apenas um jogo! — Fern grita enquanto desaparece por cima das árvores.

Um momento depois, nossos walkie-talkies apitam:

— Wez e Fern falando, infelizmente avisando que estamos fora do jogo. Derrotados pela equipe Dirk e Jack...

Alegremente, pego a Besta-de-Gosma de Wez. Olhando em volta, eu fico tipo, É ISSO! Estamos ao lado do skate park. Temos uma posição elevada... PERFEITO!

— Então, vamos aguardar por enquanto — Dirk fala.

Eu aceno e aponto para a entrada da pista.

— Fique abaixado... tem criaturas chegando.

Uma dúzia de monstros transformam o skate park em puro caos. Somos como aqueles caras de sorte que conseguem assistir a final da Copa do Mundo da cobertura de seu apartamento ou algo assim... a questão é que temos uma visão panorâmica da ação.

E a ação é intensa como uma batalha... uma grande pancadaria se desenrolando.

Os jogadores são derrotados, equipamentos são descartados e recolhidos. E então, como em qualquer jogo, a ação continua. Os jogadores mudam para um novo local para lutar por uma nova caixa de equipamentos.

Agora, este é o meu momento.

Chega de enrolar, preciso descobrir o que há de errado com Dirk. Enquanto nos esgueiramos e rastejamos, parece que somos fuzileiros navais espaciais durões em algum filme de guerra espacial. E sobre o que fuzileiros navais espaciais durões falam enquanto examinam um campo de batalha galáctico? SENTIMENTOS!

— Então, Dirk... — começo.

Posso praticamente senti-lo gemer.

— Se eu te contar, você vai calar a boca?

— Honestamente? Provavelmente, não. Eu posso tentar! Mas minha boca meio que vai em frente...

Dirk resmunga. Então...

Tá, é o seguinte: Tô ouvindo coisas.
Coisas que não existem. Às vezes é tipo estática, e às vezes são **vozes**...
Ah. Hã... nossa.

Antes que eu possa pensar em algo útil para dizer, Dirk encerra a conversa.

— Não quero mais falar sobre meu cérebro.

Eu concordo.

— Justo.

— Mas — ele continua —, eu admito, essa coisa de A Última Criatura de Pé até que é legal.

Eu sorrio, ele se abriu um pouco e está se divertindo! Operação Missão: Animar o Dirk meio que está sendo realizada!

— E está prestes a ficar ainda mais legal — ele fala.

— Veja! Outra caixa de equipamento!

E eu vejo a caixa, que está escondida abaixo de uma rampa do skate park: o *Pit*. Ela está lá como um presente de Natal grande, gordo e matador, apenas esperando para ser aberto.

— Dirk, isso não é uma caixa de equipamentos comum, essa é aquela caixa de equipamentos enorme e difícil de encontrar que todo jogo tem.

— Vamos pegar — Dirk fala, e mesmo que isso vá contra todas as minhas táticas de vitória, estou muito feliz em ver Dirk animado. Então eu o sigo, correndo pelo parque, cabeça erguida, alerta, com olhos abertos para possíveis inimigos.

Estamos quase lá, no *Pit*, quando o chão começa a tremer.

Capítulo Treze

— Parece um terremoto! — grito.

— Tipo um terremoto monstruoso — Dirk acrescenta.

Estou descendo uma das rampas, tentando surfar na parede de concreto lisa, quando o chão balança novamente e eu perco o equilíbrio. Dirk cai atrás de mim e nós dois paramos embolados.

Nos recuperamos, levantando e batendo os pedacinhos de cascalho da roupa.

Engulo em seco.

— Mas o quê...

A terra estremece novamente e eu caio de volta nos braços de Dirk. É um abraço aconchegante, não tenho vergonha de dizer. Aposto que meu amigo dá bons abraços.

Algo está rolando e quicando em nossa direção. Dando um passo para trás, vejo a coisa sobre a borda da rampa.

No início, acho que é uma erva daninha gigante de desenho animado. Em seguida, focalizo melhor e perco o ar. Pois é...

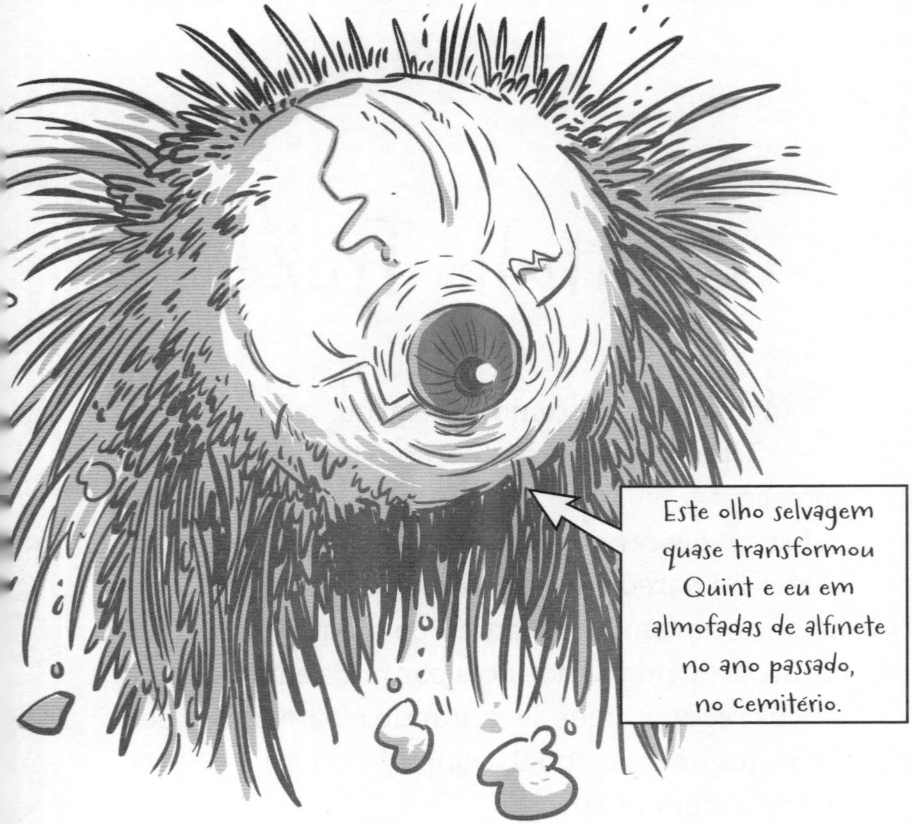

Este olho selvagem quase transformou Quint e eu em almofadas de alfinete no ano passado, no cemitério.

MONSTRO OLHO CABELUDO

A criatura dispara através da pista, batendo em um corrimão e mergulhando no fundo da pista de skate.

Conforme o globo ocular rola, zigue-zagueando como um robô em curto-circuito enlouquecido, posso dizer que ele está diferente, o monstro olho cabeludo agora está COBERTO DE TREPADEIRAS!

— É como uma almôndega de mamute enrolada em espaguete monstro! — eu grito.

O grito do monstro não é um daqueles gritos de eu-sou-mal-e-estou-zangado-porque-você-está-estragando-meus-planos que alguém como Evie soltaria. Não, esse é um gemido estridente de sofrimento.

— Eu acho que ele está com medo — falo —, ou com dor!

Dirk concorda:

— As Trepadeiras estão sufocando o olho ou algo assim!

O Olho rola freneticamente para frente e para trás parecendo indefeso, está envolto em fios verdes, como um daqueles jogos da bola pendurada em uma corda que deu muito errado.

De repente, sem pensar, eu grito no walkie-talkie:

— Pessoal, novas regras! Quem libertar o Monstro Olho Cabeludo será A Última Criatura em Pé!

Ouvimos o silêncio no walkie-talkie, e então Skaelka diz:

— Você quer dizer... nós libertamos o monstro e recebemos o VHS dos *Vermes Malditos 2*?

— Sim, claro, ótimo! — grito enquanto mergulho para o lado, apenas evitando a bola de terror rolante. — *Vermes Malditos 2* para todos!

Uma estática caótica irrompe no canal do walkie-talkie, parece que todos os monstros da cidade pararam no meio de suas batalhas e vêm em nossa direção.

— De pé, amigo! — Dirk ruge enquanto me levanta. O olho salta para nós, que nos preparamos para o impacto, mas só ouvimos um som ensurdecedor...

CRACK!

O globo ocular estala de volta para trás.

— As Trepadeiras ficaram presas! — Dirk grita. — É como um cachorro preso na coleira que só pode ir até certo ponto.

— Dirk, tive uma ideia! — eu grito. — Lembra da escola, quando tínhamos que dar voltas no campo? Vamos lá!

Começamos a correr em círculos e o Monstro Olho Cabeludo nos segue. A cada volta, a criatura fica mais e mais presa firmemente nas Trepadeiras. Logo, ele está preso à parede com as Trepadeiras enroladas o segurando imóvel.

— Agora! — eu digo a Dirk. — Vamos destruir as trepadeiras.

Dirk sorri.

— ATAQUE DA MARRETA!!

Cada golpe de gosma derrete, corta e rasga as trepadeiras! Logo, apenas uma Trepadeira monstro ainda o sufoca.

Dirk ergue sua marreta, mas a videira se enreda nele, que tenta lutar para soltá-lo, mas a arma é arrancada de suas mãos e a força o arremessa até ele bater em uma grade de metal.

Depende de mim agora. Começo a enfiar uma lata de gosma-gosmenta na besta quando...

A trepadeira me ataca! Eu faço mira, mas antes de atirar...

CABRUM!

A trepadeira se solta da parede e o Monstro do Globo Ocular Cabeludo parte para cima de mim. Eu me viro para correr, mas não há para onde correr.

Estou preso.

O lado íngreme e curvo do *Pit* é como uma parede. Tento escalar, mas deslizo e caio repetidamente. Isso é feito para andar de skate e bicicleta!

O Monstro Olho Cabeludo balança para frente e para trás e um brilho nebuloso reluz sobre seu corpo, eu não tenho certeza se é suor de estresse, lágrimas ou ambos.

Ele começa a rolar na minha direção... O Monstro Olho Cabeludo está sufocando e quase destruído.

E eu também.

Então Skaelka e June surgem do nada...

Atrás da Carapaça de Skaelka está um exército de monstros da Pizza do Joe, todos de prontidão.

ISSO! MÚLTIPLOS JOGADORES ENTRARAM NO JOGO!

— Suas armas insignificantes não vão conquistar essas trepadeiras! — Skaelka diz. — Eu vou cortá-las!

E aí, caras!
JACK, VOCÊ TINHA RAZÃO. É O MELHOR JOGO QUE SKAELKA JÁ JOGOU!
MERP!

— Acho que nossas armas insignificantes podem ser realmente perfeitas para isso! — June sorri maliciosamente enquanto joga um cartucho de gosma gosmenta no seu presente e o descarrega completamente contra o monstro!

A gosma–gosmenta de June golpeia a Trepadeira, a gosma chia e estala, depois endurece nas trepadeiras.

Eu grito para os monstros:

— MISSÃO OPERAÇÃO: LIBERTAR O MONSTRO OLHO CABELUDO! ATIREM À VONTADE!

E eles atiram...

Quando a fumaça se dissipa, o Monstro Olho Cabeludo estremece no pavimento rachado. Seu corpo é translúcido.

As Trepadeiras se transformam em cinzas e todos os nossos amigos monstros dão um passo solene para trás.

TOMA GOSMA!
CORTAR E QUEIMAR!
CORTAR E QUEIMAR!

Não tenho certeza do que fazer, mas sei que esta criatura não merece ficar assim ferida.

De repente, há um som de trovão.

— Para trás, Quint! — grito.

Trepadeiras irromperam pela calçada como centenas de galhos finos e agarram o Monstro Olho Cabeludo!

É quase como se a vida tivesse sido sugada dele.
Isso mesmo. Foi exatamente o que pensei.

O monstro grita e se debate, mas não adianta. Um instante depois, o olho se foi... puxado, uivando, para baixo do chão quebrado...

E então as trepadeiras vêm em nossa direção! Elas são como tentáculos... tentáculos horríveis,

famintos e insaciáveis! E querem a mim e a todos os meus amigos!

— Vejam! Mais trepadeiras! — Quint começa a dizer, apontando para dentro do buraco aberto.

Mas eu apenas o agarro e grito:

— AGORA NÃO!

A Carapaça de Skaelka se aproxima e eu rapidamente agarro o para-choque enferrujado do carro que nos puxa para cima, para fora da pista do skate park.

Quando chegamos a uma distância segura, recuperamos o fôlego e assistimos as Trepadeiras deslizarem procurando por nós, então, de uma vez, deslizam de volta para o chão com um horrível barulho:

HOOOOOOWWWWWLLLL!!!!

Quint ainda está bufando e arfando.

— Se as Trepadeiras puxaram um monstro daqueles para baixo... — ele diz —, poderiam puxar muito mais.

— E quase fizeram isso — comento.

O rosto de June está tenso de preocupação.

— Essa ameaça é nova, inesperada e está claramente crescendo — ela fala. — Crescendo, ao que parece, bem embaixo de nossos pés.

Um momento depois, a preocupação de June se transforma em pânico total. Seus olhos se movem rapidamente.

— Onde está Dirk?

Eu sinto meu estômago embrulhar.

— Ele estava conosco apenas um momento atrás, mas...

— Lá! — Quint diz. — Ah, não! Ele está indo em direção a uma horda de zumbis!

Uma das tochas Tchau-Zumbis de Quint queima perto dos limites do Skate Park e Dirk avança em direção a ela como uma espécie de sombra sonâmbula...

No momento em que o alcançamos, ele já passou pela tocha. Uma cerca o segura, e ele fica perfeitamente imóvel olhando para a estrada abaixo.

Há zumbis lá embaixo.

Eles olham para Dirk, que os encara de volta.

Os olhos de Dirk estão turvos e sua expressão é impassível. Isso me lembra de algo...

Finalmente, June consegue chamar a atenção de Dirk.

Eu coloco meu rosto perto do dele e aceno com minha mão.

— Ei, amigo. Onde você estava?

Ele me empurra.

— Hã, aqui? — ele diz, confuso. Então sai pisando duro.

Quint, June e eu trocamos olhares nervosos.

A MISSÃO OPERAÇÃO: ANIMAR O DIRK não foi apenas um fracasso... foi pior do que isso, muito pior...

Capítulo Catorze

Mais tarde, de volta à casa da árvore, Dirk se acomoda em seu estado sombrio de costume: fones de ouvido, música alta e olhos fechados.

Eu quero consertar Dirk, quero ajudá-lo. Mas não sei como. Algo está errado com ele e está piorando, ao invés de melhorar.

Estou pensando em fazer outra reunião para tirar mais coisas dele quando ouço risos lá em cima.

São Quint e June, eles estão lá em cima rindo de alguma coisa! O que poderia ser mais importante do que o bem-estar do nosso amigo? Alguma nova piada interna?

Momentos depois, estou batendo na porta de June.

Olho para a TV, há uma lista de nomes rolando.

— São nomes — digo, confuso. — Meio que parece com...

— Um dia de neve! — June completa. — Ou um dia de tempestade! Quando listavam todas as

escolas que teriam o dia de folga, lembra? E agora... veja...

Quint diz:

— A transmissão da Estátua da Liberdade não está mais no rádio, mas aqui. É uma lista de nomes. Recorrente. Cada nome é uma pessoa que se registrou como 'SEGURA' durante o Apocalipse Monstro.

Isso é importante. Mais do que importante. É algo tão grande que, por um momento, também esqueço de Dirk.

— Está na letra F — digo devagar.

Quint concorda.

— É lento! Pelos meus cálculos, levará semanas até que volte ao início do alfabeto. Para B de Baker. E D de Del Toro. Mas, Jack, funcionou! A ideia de June funcionou!

— Vamos gravar — June diz. — Portanto, não há chance de perdermos nenhum nome.

Eu me viro e saio.

Do corredor, ouço June ficando de pé.

— Jack, não se desespere — ela fala —, só queremos encontrar nossas famílias. Não fique bravo!

Eu me viro para eles e sorrio:

— Não tô surtando, vou pegar pipoca! Podemos tirar sarro dos nomes estranhos das pessoas juntos?

June olha para mim.

— Sim — ela diz —, podemos.

— Boa! Volto logo!

Enquanto vou para a cozinha fico pensando: não há nomes para mim naquela TV. E nunca haverá. Mas tudo bem, porque eu já tenho meus nomes: Quint Baker. June Del Toro. Dirk Savage. Rover. Bardo. Até a maluca da Skaelka.

E eu tenho outra coisa.

Parece louco, até quando digo apenas para mim mesmo, mas também tenho o Fatiador. E não, não estou dando uma de Gollum.

Meu bastão não é da família. Não é o *meu precioso.* Mas ele é um propósito!

Estou feliz agora, em nossa cozinha improvisada na casa na árvore, montando uma grande tigela com coisas que misturamos para comer ao assistir filmes, tem tudo o que há de melhor: balas, biscoitos, bolachas, jujubas, azedinhas...

— Coloque umas bolinhas de chocolate extras! — June grita e eu penso: "É óbvio!" Assim que eu volto, ela corre para enfiar a mão na tigela.

Observamos os nomes até os nossos olhos se cansarem. Já passa da meia-noite quando Quint e June desmaiam em seus pufes, com jorros de baba escorrendo de suas bocas. Eu sigo para o deque da casa na árvore.

Mesmo aqui, posso ouvir Dirk roncando. Seu sono não é tranquilo. Ele chuta. Se mexe e se vira com tanta força que quase se machuca...

Toda aquela felicidade que senti pelo Quint e pela June já se foi.

Porque, a menos que todos os quatro estejam bem, nenhum de nós estará bem. E Dirk está longe de estar bem.

Pego algumas latas de refrigerante e as coloco na grade. E, pela primeira vez em muito tempo, uso o Fatiador para o fim a que se destina: retirar a sujeira das coisas.

Tentamos animar Dirk, mas, em vez disso, descobrimos que ele está pior do que imaginamos, pois não está chateado, não está deprimido... ele está sofrendo.

E não é só isso, há uma ameaça estranha por aí que está se aproximando. As Trepadeiras mudaram e agora estão sugando monstros para o chão...

Eu afasto o Fatiador, giro e envio outra lata de refrigerante pelos ares. Ela borbulha e espirra refrigerante enquanto navega sobre a Pizza do Joe, e então...

— AI!

Um momento depois...

É ASSIM QUE VOCÊ TREINA AGORA? ESTA LATA É SEU NOVO MENTOR?

Eu não quero entrar em um momento Romeu e Julieta falando da sacada, então desço da casa da árvore.

Conforme Bardo atravessa a Praça da Cidade, vejo que está coberto de pelos de rato e outras manchas. Apesar disso, está comendo um rolinho de pepperoni.

— Alguma novidade nas pesquisas com a cauda? Aprendeu os segredos dela? — pergunto.

— Ainda não aprendi o que esperava aprender.

ESTÁ BEM. Superenigmático. Como Bardo costuma ser.

Ele morde seu rolinho de pepperoni e oferece para mim: uma pequena gota de saliva amarelo-laranja pinga dele.

Eu não quero aceitar.

Nunca compartilhei um rolinho de pepperoni com um monstro antes. Quer dizer, nunca compartilhei um rolinho de pepperoni com ninguém, trocar mordidas é a maneira mais estranha de comer um rolinho de pepperoni.

Mas é o nosso mundo agora. Compartilhado.

Eu dou uma mordida.

— Você deveria estar dormindo — Bardo diz.

— Você também.

Bardo resmunga.

— Estou preocupado com Dirk — digo. — No início, eu pensei que ele estava assustado com os zumbis, porque, você sabe, quase virou um. Mas ele me disse que está ouvindo uma estática estranha em sua cabeça...

Eu paro para pensar: um ano atrás, eu nem conhecia Dirk. Mas agora se alguma coisa acontecesse com ele, eu não sei o que faria. Ele ainda está aqui e eu já sinto sua falta...

Bardo, por acaso você sente falta dos seus amigos?
Nenhum de vocês parece ficar chateado por ter sido puxado de uma dimensão para outra...
Sem amigos nem nada!
NÃO É IGUAL. NO MEU MUNDO NÃO TEMOS AMIGOS OU FAMÍLIA. SOMOS GUERREIROS.

— E que tal, tipo, irmãos? Irmãs? Primos? Primos de terceiro grau, aqueles distantes?

— Tenho 4.932 irmãos. Não sei seus nomes, mas sei que posso derrotar quase todos em combate.

— Oh — eu digo. — Certo, isso é legal. Eu acho.

Bardo diz:

— Ter sentimentos fortes por uma única criatura é raro. Não é que somos incapazes, mas não fornece nenhum valor. Se não houver valor, qual é o motivo?

Eu faço uma careta.

— A razão é que se eu estivesse tendo momentos RUINS como Dirk, gostaria que alguém se importasse o suficiente comigo para me ajudar. Se meu cérebro estivesse, tipo, se quebrando e eu estivesse caindo em um transe estranho, como quando...

Eu paro, de repente percebendo o que aquele olhar no rosto de Dirk me lembrava: como eu me senti quando fui hipnotizado pelo Rei Alado.

Não tenho certeza se Bardo lê meu rosto, minha mente ou se temos alguma ligação, mas seus olhos brilham em azul.

— O Rei Alado — ele diz em um sussurro grave. — Rápido, qual é a posição da sua Lua?

— Hum. Posição? Eu acho que está... acima?

— Se formos agora — Bardo diz — ainda pode haver tempo. Rápido, traga o Dirk. E, Jack, mais uma coisa, e isso é absolutamente vital...

Eu me inclino para frente.

— O que foi, Bardo?

— Estou com frio. Traga-me um item que me deixará menos frio.

Eu resmungo um OK, então subo de volta a escada da casa na árvore. Tenho que pisar com cuidado aqui. Acordar um Dirk adormecido é perigoso, como interromper um urso-pardo no meio de uma refeição.

Coloco minhas mãos no vidro... e então, tarde demais, lembro que nossas janelas não têm vidro e eu caio, de cabeça, bem em cima de Dirk.

Ei, amigão. Hã, vamos dar uma volta? É pra sua cabeça melhorar.
E Bardo tem frio.
Pode emprestar um moletom?

— Então, Bardo — eu falo mais alto, quase gritando. — Aonde estamos indo?

Bardo se vira para mim, as calças de moletom que Dirk emprestou estão enroladas em seu pescoço, como se ele fosse um supermodelo chique. As pernas da calça chicoteiam ao vento.

— Para o mar — Bardo responde.

Rover nos leva para longe da cidade, suas patas galopando de forma rítmica e calmante.

Você já se sentou na parte de trás de um carro em uma viagem longa? Aquela batida constante do carro, eu juro, é literalmente a coisa mais calmante de todas.

Talvez porque eu seja órfão, mas, às vezes, me sinto mais em casa quando estou em movimento.

Meus olhos se fecham e eu caio no sono...

Mais tarde, cinco minutos ou cinco horas, não tenho certeza, acordo com um cheiro doce e salgado. Estamos correndo por um calçadão. Eu nunca estive aqui. Estamos no extremo de Wakefield.

O calçadão se estende indefinidamente à nossa frente. Ah, caramba, é como uma cidade da felicidade. Fliperamas retrô, lojas de pranchas e lanchonetes que vendem TUDO frito.

Nada de zumbis na praia. Zumbis já são bizarros o suficiente quando estão totalmente vestidos, eu não preciso vê-los em sungas.

Rover entra em um píer que se estende diretamente pela praia e sobre o mar.

Parece aquela parte dos filmes em que as pessoas olham para o mar e contemplam a vastidão do universo e como todos nós somos formiguinhas quando comparados a ele. Mas, agora, eu apenas olho para o mar e penso: "Essa água parece fria e provavelmente tem tubarões".

Rover para, Bardo sai do colo de Dirk e caminha até a extremidade do píer, mais um passo e ele cairia direto na água.

A voz de Bardo é suave.

— Há uma criatura que pode nos dizer pelo que Dirk está passando.

Por favor, não sejam monstros tubarões, por favor, não sejam monstros tubarões, por favor, não sejam monstros tubarões.

Bardo acena com a mão chamando Dirk.

— O que você nos descreve... é semelhante às visões de Jack.

O Rei Alado? Mas vimos ele ser destruído! Ele está morto, não?
DESCOBRIREMOS EM UM INSTANTE...

Capítulo Quinze

Bardo tira uma pedra de sua mochila e a leva aos lábios, uma pequena gota de saliva amarela cai sobre ela e ele joga a pedra na água.

Eu observo para ver onde vai cair, mas as ondas quebram escondendo os respingos.

Por um longo momento, nada acontece. Mas então o píer de madeira range, um frio me atravessa e as ondas se acalmam. A água está parada agora.

Lá em cima, uma grande nuvem passa voando. Ela bloqueia a Lua e tudo fica escuro. Quando a nuvem passa, eu suspiro.

Algo ondula na água...

E então acontece...

Eu vejo a criatura saindo da água e uso todas as minhas forças para resistir a vontade de sair correndo. Na verdade, eu precisaria mais do que só vontade...

A criatura marinha é tão grande que o movimento da água correndo de seu corpo e batendo na superfície soa como uma tempestade.

AAAAAAHHHHHHHHH!
Calma aí.
Vamos ver o que acontece.
VUMMMM

Dirk dá um passo trêmulo para trás e gagueja:

— É... é...

— O Sucatken — eu digo. — Bardo, ele tentou nos matar!

— Sim, você me contou a história — Bardo fala. — Pelo que entendi, você invadiu a casa dele e destruiu suas coisas. Jogou jogos em cima de sua cabeça!

— Bem, quando você coloca dessa forma... — murmuro. — Além disso, não acho que tecnicamente jogamos jogos sobre a cabeça dele, era uma festa do pijama.

Ele ainda está se levantando: o Sucatken é maior do que eu jamais imaginei. No ferro-velho, metade de seu corpo devia estar sob o solo.

Bardo se vira com um sorriso sombrio:

— Vamos ter certeza de que o Rei dos Pesadelos não está brincando com sua cabeça, Dirk. O Sucatken, como você o chama, sempre come o que mata. E tem o processo digestivo lento...

O Sucatken atinge sua altura máxima e um de seus tentáculos sai da água se estendendo em nossa direção e colocando sua ponta suavemente no píer, mas o enorme peso da coisa faz com que a madeira frágil se mova e faça barulho.

O tentáculo se desenrola, como uma plataforma, e há a sensação de que uma porta de elevador está se abrindo.

Eu lutei contra monstros ferozes, fugi de hordas de mortos-vivos, mas isto é diferente.

Parece que essa criatura *sempre* esteve aqui. Quer dizer, não estava, ela veio através dos portais, mas não parece um *intruso*.

Sinto um leve empurrão nas minhas costas. Dirk.

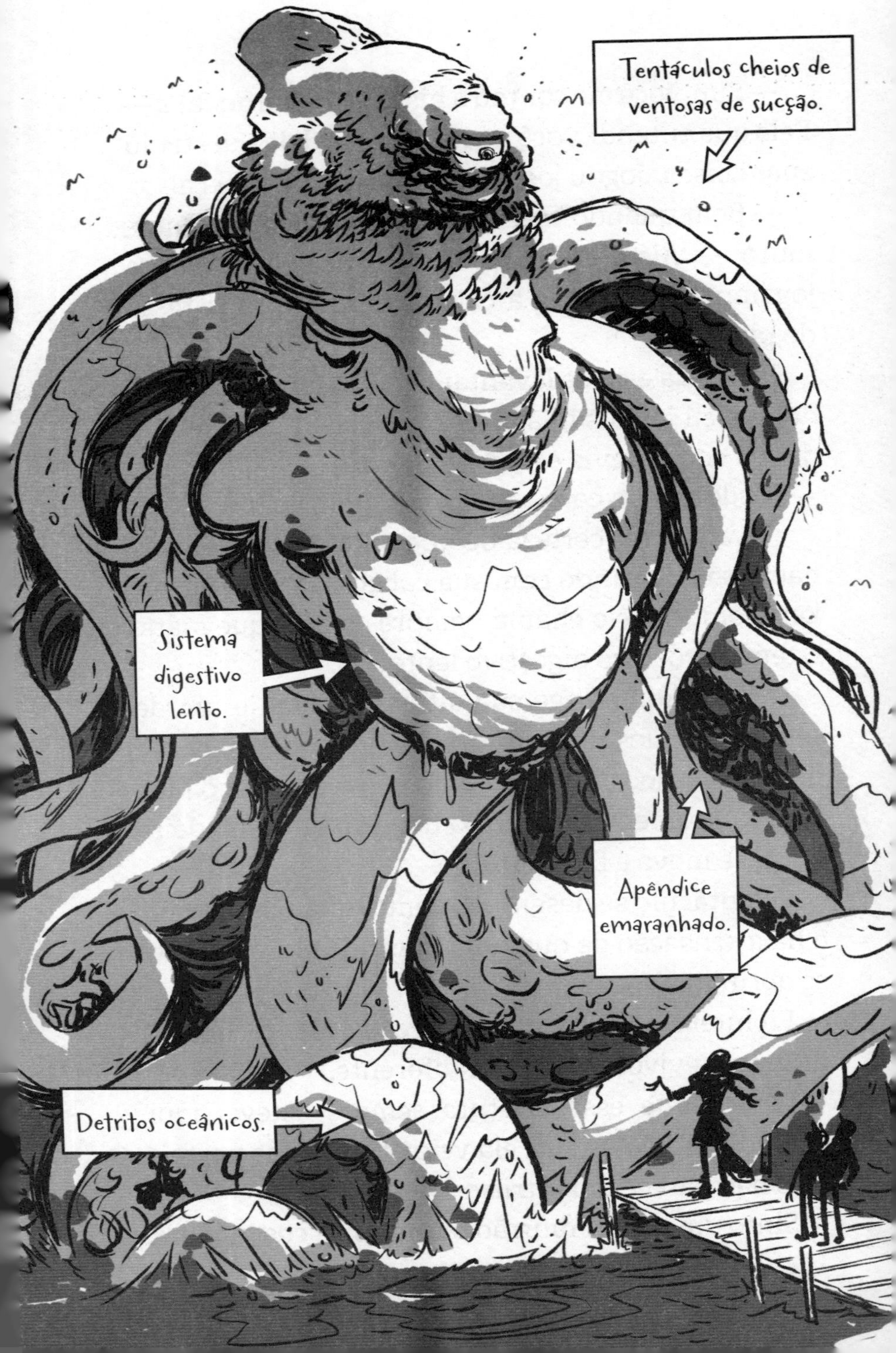
Tentáculos cheios de ventosas de sucção.
Sistema digestivo lento.
Apêndice emaranhado.
Detritos oceânicos.

Dirk resmunga baixinho, depois dá um passo pesado e passa por mim. Argh, agora me sinto ridículo, me apresso para acompanhar. Juntos, Dirk e eu subimos no grande tentáculo plano.

Ele é mole. É como ficar em pé em uma esteira de ginástica encharcada de suor.

Vai.
Acho que ele quer que a gente... vá.
Que tal você ir primeiro? Tipo, estamos aqui por você. Se fosse um problema com a minha cabeça, eu iria primeiro...
GLUP

O tentáculo afunda mais uma vez quando Bardo sobe nele, bem atrás de nós.

Lentamente, somos levantados... o tentáculo está nos levando para fora do píer, sobre as ondas quebrando, e em direção à boca e aos olhos da criatura.

É meio demais: três pequenas figuras na palma da mão de um monstro. Um monstro que poderia nos esmagar, engolir, nos devorar se quisesse.

Bardo também parece nervoso, o que não é um bom sinal. Ele estala os nós dos dedos, diferente de nós, que damos apenas um ou dois estalos rápidos, parece uma centena de ossos quebrando. Então...

Outro tentáculo, esse um pouco menor, surge da água. Ele cutuca nossos corpos, como um cachorro sentindo o cheiro de um novo hóspede. Cutuca o rosto de Dirk. Seu peito. Minha cabeça. Meu ombro. O lado do meu corpo, minhas costas, e está em direção ao...

ÄLØUĜ ZÆ SŐI

Fatiador.

De repente, a plataforma do tentáculo se agita e todos nós cambaleamos. Dirk deixa escapar um suspiro agudo e seguro em Bardo com medo de ser lançado ao mar.

— Bardo — digo, com minha voz trêmula —, gostaria de acabar o passeio agora. Não tenho certeza se tinha altura suficiente para poder entrar neste brinquedo.

— Sua arma. O Sucatken sente a escuridão dentro dele: o poder de Ghazt e a influência de Ŗeżżőcħ — Bardo fala.

FINALMENTE algumas informações claras desse cara.

— Mas eu não sou mau! — exclamo.

O Sucatken RUGE e é uma explosão monstruosa de ar quente. Sua mandíbula está aberta e temo que estejamos prestes a entrar na boca dele como um punhado de mini M&Ms.

— Não! — grito. — Eu não sou mini M&Ms! E não sou Ŗeżżőcħ! Não sou um cara mau!

O tentáculo se move e nos leva para mais perto de sua boca.

Fecho os olhos com força e lanço as mãos a frente para me defender. E então tudo para.

Abro os olhos e vejo o tentáculo menor serpenteando em volta da minha mão.

É a mão que foi queimada, repetidamente, pela energia da lâmina. O Sucatken a está estudando.

E, de alguma forma, acho que sabe. Ele entende que não posso empunhar a lâmina sem me machucar, porque a essência da lâmina está ligada ao mal cósmico. Porque é algo ruim. E eu não sou!

E é aí que as coisas ficam realmente estranhas...

O tentáculo se enrola em meu punho, o envolvendo com força e apertando mais e mais forte como uma daquelas coisas de pressão arterial no médico. Mas não há enfermeira aqui para desligá-lo...

Bardo está perfeitamente imóvel, com um olhar em seu rosto como se estivesse gostando um pouco disso.

— Solte meu amigo! — Dirk fala e avança.

O tentáculo se comprime ainda mais.

— DIRK, NÃO! — eu grito. — FIQUE AÍ!

O Sucatken parece ter a intenção de sufocar meu braço, mas quando olho em seus olhos enormes, ele parece triste, como se estivesse se desculpando.

Eu quero dizer: *Sim, eu também não gosto disso, amigo, então fique à vontade para parar a qualquer momento!*, mas meus dentes estão tão cerrados que não consigo falar. Sinto uma dor como nunca senti antes e meus olhos se fecham.

Estou vendo estrelas.

Pontos de luz.

Talvez... estrelas reais?

Outras dimensões?

Ŗeżżőcħ? Terrores cósmicos? Os confins do cosmo?

Eu não sei! Só sei que não aguento mais. Por um instante, sinto o Fatiador queimando minhas costas e sei o que devo fazer, o que o Sucatken está *me forçando a fazer...*

Ele está me forçando a ficar de pé e me forçando a usar minha mão livre, esticar atrás das minhas costas, agarrar o Fatiador, levantá-lo alto.

E golpear...

Uma rápida onda de caos: o Sucatken uivando, Dirk gaguejando, eu segurando meu braço e gritando para o monstro:

— Desculpe! MAS VOCÊ ESTAVA ME DANDO UM APERTO ARMADILHA DE MORTE, CARA!

Os tentáculos cortados se sacodem na minha frente, vazando uma espessa gosma verde-azulada.

Mas quando olho para o meu braço, a outra parte ainda está lá. Grudada em minha mão.

Minha mão esquerda ainda está segurando o Fatiador e percebo que está muito quente, então eu lanço suavemente para a direita. Nela, o tentáculo age como uma espécie de *luva*...

Minha mão enluvada chicoteia e sacode o Fatiador no ar. Ele responde, ágil e rápido, como uma daquelas pequenas espadas de esgrima.

O Sucatken geme de dor: um gemido profundo e estrondoso.

A plataforma de tentáculo cai tão rápido que meu estômago dá uma cambalhota. Isso nos leva de volta ao cais. Todos nós damos alguns passos para trás, apreciando o chão firme sob nossos pés.

— Eu não entendo — finalmente digo. — Por que o Sucatken faria isso? Agora ele está ferido!

Bardo explica:

— Outros monstros nesta dimensão, aqueles que não são leais a Ŗeżżőcħ, percebem o que está acontecendo. Eles sentem o que está por vir e estão do lado do bem.

O Sucatken geme e pisca.

— Se quisermos parar Ŗeżżőcħ, sacrifícios devem ser feitos. Grandes sacrifícios. Jack, você fez a difícil escolha de golpeá-lo com sua lâmina e esta criatura fez o difícil sacrifício de dar um membro. Você entende?

Eu concordo com a cabeça lentamente.

— Eu... acho que sim.

De repente, Dirk vai até nós.

— Legal. Eu entendo que isso é, tipo, um grande momento para vocês, mas eu quero saber por que estou ouvindo coisas no meu cérebro! O Rei Alado está envolvido ou não?

O Sucatken vibra na água. Sua barriga flexiona e balança. E responde à pergunta de Dirk com um...

PA-TOO!

O Sucatken tosse e algo de sua barriga é cuspido no cais. Agora eu sei por que Bardo disse que o monstro come o que mata, porque o crânio do Rei Alado está deslizando pelo calçadão.

O Sucatken solta um gemido longo e baixo, como se estivesse fazendo sua reverência final, e lentamente desliza para longe, escorregando sob a água e desaparecendo sob a superfície.

CRUNCH
Certo... acho que o Rei Alado não está envolvido.

— Bom — eu digo baixinho —, acho que seu trabalho aqui está feito. E depois do que acabou de acontecer, estou feliz que tenha acabado.

Caminhamos de volta para o Rover, todos nós tentando não olhar muito de perto para o colossal crânio de Monstro Alado.

Eu mexo a mão com a nova luva tentáculo.

— Então, oficialmente eu tenho a luva de inverno mais legal de todos os tempos. É como uma luva de esportes, mas bem mole! — Então, depois de pensar por um momento: — Droga, eu sempre perco minhas luvas de inverno.

— Eu sugiro — Bardo afirma — que você não perca essa "luva de inverno".

Eu concordo com a cabeça.

— Entendido! Perfeitamente. Vou colocá-la bem ao lado da minha cama, em cima dos quadrinhos, sob meu moletom e minha caixa de lanche de fim de noite, meio perto da minha coleção de pilhas velhas e...

Dirk de repente me agarra, me girando. Seu rosto está pálido e seus olhos arregalados...

Jack, se não era o Rei Alado, **qual o meu problema?**

Capítulo Dezesseis

TREINAMENTO DO HERÓI LENDÁRIO. DIA 19.

Onde eu, Jack Sullivan, uso a Luva Gosmenta de Poder para finalmente fazer alguma manipulação legal de zumbis!

Certo, aqui vai...

Estamos de volta à fazenda, mas desta vez vai ser diferente. Fico olhando para três zumbis.

— É melhor vocês três se prepararem para a dominação total, pois estou voltando para pegar vocês com minha luva maluca de Sucatken!

Abro e fecho meus dedos, a carne do tentáculo pressiona meu polegar e puxo o Fatiador.

Vou provar meu valor.

E então, depois de tudo que vale a pena provar, vou mostrar aos meus amigos como sou muito bom em fazer essas coisas de controle de zumbis.

Eu balanço o taco...

— DANCEM, CAROS MORTOS-VIVOS! DANCEM! — eu grito, sacudindo o Fatiador no ar como se eu estivesse conduzindo uma orquestra ou fazendo alguma mágica no estilo de um *Aprendiz de Feiticeiro.*

Eu sinto a conexão magnética e...

Fico lá parado em total descrença.

— SÓ PODE SER BRINCADEIRA! — grito. — Bardo, o que é isso? A Luva Gosmenta de Poder não funcionou! Os zumbis simplesmente tombaram!

— É assim que você vai chamá-la: Luva Gosmenta de Poder?

— O quê? Hã, NÃO. Estava só testando o nome... — resmungo. — Por quê? Você gostou?

— É horroroso.

— Ah, que bom, porque, como eu disse, NÃO é assim que vou chamá-la.

Eu me viro e me afasto a passos largos, pesados, daqueles de birra infantil. Sinto os zumbis me observando.

— Olhem para o outro lado, zumbis — eu sussurro com raiva. — Eu nem quero olhar pra vocês agora, de tão irritado que vocês já me deixaram.

Eu não posso controlá-los, não sei por que pensei que poderia. Não sou Ghazt. Não sou um Terror Cósmico. E nem sou a idiota da Evie...

Bardo dá um passo em minha direção, ele tem um brilho estranho nos olhos como se estivesse prestes a conjurar aquele terror horrível novamente.

— Não, não me mostre de novo — eu peço. — É terrível! E se eu não fizer um trabalho melhor, então todos estão perdidos. Já entendi.

Eu me lembro de quando o Apocalipse dos Monstros começou e quando eu criei desafios para mim mesmo e ganhei os Feitos de Sucesso Apocalíptico.

Nesses desafios, e também nos videogames, quando você falha, sempre pode começar de novo. Mesmo on-line, se você perder, simplesmente pule para o próximo jogo. É fácil!

Mas isso... isso aqui... isso é tipo...

Você falha e o controle derrete em sua mão, atinge o solo, explode em chamas, faz um buraco no chão e cai para o mundo inferior. Enquanto isso está acontecendo, você pensa: *Ah, vou pegar outro controle!* e seu console entra em combustão espontaneamente e, em seguida, a TV cai no chão e explode em um inferno furioso de chamas.

Oh, sim, Jack Sullivan. Grande herói. Eu posso ver agora meu feito final...

FEITO: Completo

FALHAR COM TODA HUMANIDADE

DESAPONTAR A TODOS

NÃO SER O HERÓI.

Bardo interrompe minha linha de pensamento do fim do mundo:

— Quando você controlou o zumbi na pista de boliche, o que você sentiu?

— Medo — afirmo. — Eu vi os mortos-vivos voando na direção de Quint e fiquei com medo.

Ele concorda com a cabeça.

Seus olhos voam por cima do meu ombro, e eu giro nos calcanhares, esperando ver um zumbi, mas não há nada. Bardo acabou de fazer um "fiz você olhar".

Quando viro de volta, uma fração de segundo depois, ele está segurando meu walkie-talkie.

— Ei! Como você... — Eu procuro em volta pela minha mochila, que está aberta e caída próxima a cerca.

Bardo levanta o walkie-talkie, mas quando sua boca se abre, é minha voz quem sai dela. Não, tipo, uma imitação. A minha voz real.

Meu peito está apertado, como se Bardo estivesse arrancando as palavras da minha garganta.

— June. Quint. Dirk. Câmbio — ele diz. — Sou eu, seu companheiro humano, Jack. Tenho coisas interessantes para contar. Câmbio.

OK, então ele pode fazer minha voz, mas está massacrando totalmente meu jargão incrível.

— Além disso, mano a mano — Bardo diz.

Droga! Ele é bom.

— Encontrem-me na hamburgueria — Bardo termina.

Um momento depois, June responde:

— Entendido!

A hamburgueria está além da segurança das tochas Tchau-Zumbis. E têm zumbis lá. Por que Bardo enviaria meus amigos para o perigo?

Então, com horror, eu percebo...

— Bardo, o que você fez? — Eu olho para ele... e então estou correndo em direção ao Rover. Salto por cima da cerca, subo em sua sela e partimos.

O Rover desce o caminho sinuoso, deixando a fazenda para trás, e depois passa por um beco entre a antiga loja de cartões de beisebol e a loja de tênis.

Estou correndo pela cidade gritando: OS ZUMBIS ESTÃO VINDO! OS ZUMBIS ESTÃO VINDO!

Já consigo ver a hamburgueria.

Big Mama aparece no estacionamento, diminuindo a velocidade até parar. As portas se abrem e meus amigos saem. Nas sombras, atrás deles, vejo olhos amarelados brilhando. Os mortos-vivos se aproximando e o desastre iminente.

Ainda galopando, pego o Fatiador. Nós entramos no estacionamento. Rover tropeça e sou lançado por cima de sua cabeça.

Balanço o Fatiador no meio da queda e de repente, eu sinto. A luva, o cabo da lâmina, o zumbido de energia sobrenatural.

Uma conexão.

Entre o taco e os zumbis.

VRRRRRRUUUUUMMMMMMMM!!!

Um golpe da lâmina… um arco curto, cortando minha visão, e os zumbis são jogados no chão…

E eu caio de bunda.

June e Quint assustados encaram os zumbis, que agora estão deitados a alguns metros de distância. Os zumbis olham profundamente para o Fatiador antes de se levantarem e rastejarem para longe.

— Jack, o quê... o que foi isso? O que você fez? — June pergunta.

— Você os controlou! — Quint fala de uma vez.

Antes que eu possa responder, percebo que Dirk está no chão. Ele esfrega a cabeça.

— Gente, hã... o que aconteceu? Eu, hum... desmaiei.

June olha para mim, e então para o taco. Quint acaricia o queixo como um professor, o que geralmente significa que a resposta está em algum lugar em sua cabeça, ele está apenas tentando pescar. Mas não há tempo, porque...

— ARF!

Eu giro e vejo... Rover! Não vi quando chegamos, mas há um buraco no chão, na beira do beco. Exatamente como aquele que foi deixado para trás quando as Trepadeiras agarraram o Monstro Olho Cabeludo.

Rover está perdendo o equilíbrio, escorregando no chão rachado e quebrado.

— Rover! — grito e em seguida estou correndo em direção a ele, agarrando sua sela e puxando. — Aguente firme, amigo!

— Jack, você vai cair! — Quint grita.

June e Quint agarram a pele peluda de Rover e a puxam. O Rover dá passos lentos e pesados para trás. Então, de uma vez, ele salta para longe do buraco.

O solavanco repentino me faz cair para frente e vejo a mão enorme de Dirk vindo em minha direção, agarrando meu tornozelo, mas mesmo assim estou escorregando para trás. Nós dois estamos indo para o fundo do poço, para baixo da terra.

Capítulo Dezessete

Dirk e eu caímos no concreto rachado, na terra, na escuridão e então...

POW!

Chão duro.

Há um cheiro forte e úmido no ar.

Eu me levanto, dou um passo e tropeço para frente e bato em algo. Algo vivo. Minha boca está aberta, pronta para gritar, mas é Dirk. Ele joga sua palma grande e suja no meu rosto.

— Ssshh... — ele diz, levando um dedo à boca. — Estas paredes têm ouvidos...

— O QUÊ? Ouvidos? — grito enquanto giro, os olhos disparando, imaginando a coisa mais horrível que minha mente pode pensar: o lendário, há muito perdido...

— Não, tonto, não são ouvidos de verdade — Dirk fala indicando com a cabeça. — Aquelas...

MURO DE OUVIDOS

Eu vejo Trepadeiras balançando, sacudindo e movendo-se curiosamente. Uma se aproxima de nós, como se tivesse um interesse particular.

— Acho que estão nos ouvindo — Dirk sussurra.

— Elas devem saber como nossas conversas são legais.

Dirk me dá uma cotovelada rápida e acena com a cabeça. Além do próximo aglomerado de trepadeiras, vejo túneis sem fim.

A única razão pela qual podemos ver é porque as Trepadeiras Monstro brilham. Elas rastejam ao longo das paredes dos túneis e suas flores vibram em roxo e verde.

— Todo esse neon me lembra daquele lugar de laser tag — eu digo. — Ei! Tive uma ideia! Depois de sairmos daqui, temos que...

— Agora não! — Dirk rosna e dá um passo à frente empurrando uma folha grande e pulsante. Eu o sigo de perto.

Viramos uma esquina e é como se alguém tivesse aumentado as luzes. Este não é apenas um túnel simples... são muitos túneis que se dividem e se transformam em bifurcações e caminhos separados.

— O que quer que tenha escavado esses túneis deve ser muito grande — Dirk fala enquanto continuamos nossa caminhada.

O ar frio corre pelo túnel e eu fecho meu casaco de moletom.

— Deve ter sido feito recentemente também — Dirk acrescenta, cutucando a parede. — O solo está molhado.

Cada passo na terra fofa range sob nossos pés. Tudo está silencioso, assustadoramente quieto, até que...

Um GRITO de arrepiar irrompe no silêncio!

Eu empunho o Fatiador e Dirk prepara os punhos. Nós viramos na próxima esquina, prontos para qualquer coisa...

— PAREM! — Quint grita.

Vão conhecer o Jack lutador!
O punho da June no seu nariz!

June levanta sua mão armada.

— Opa, somos nós! Você sabe... seus amigos!

Os punhos e o Fatiador são abaixados.

— Isso poderia ter sido ruim — June fala. — Eu quase explodi você.

— Estou muito feliz que você esteja gostando do Presente — digo com um sorriso.

Quint aponta para meu braço.

— Jack, você está sangrando.

Ele está certo, há um pequeno corte no meu braço. Algo me arranhou quando viramos a esquina. Meu olho capta uma ponta projetada na parede.

— Hummm — Dirk diz enquanto o arranca como uma farpa gigante.

Quint examina.

— É um pelo do Monstro Olho Cabeludo. — Ele dá uma olhada no túnel e, em seguida, acrescenta: — E há muitos deles aqui.

Os pelos pontiagudos preenchem esta seção do túnel, alguns estão quebrados, outros têm pedaços de carne de monstro na extremidade, como se tivessem sido arrancados do corpo da criatura.

— É como se depois que as Trepadeiras o capturassem, elas não apenas o espancassem ou comessem — June comenta.

Quint concorda:

— Elas o arrastaram por aqui.

— Mas para onde? — pergunto.

Dirk estende o braço, deixa o pelo cair e ele atinge o chão de terra com um baque abafado. Em seguida, rola pelo caminho como um lápis fugitivo.

— Nós estivemos descendo o tempo todo — Quint fala.

June acena com a cabeça.

— Então vamos continuar.

Quanto mais andamos, mais o túnel gira e se separa. Estamos em um caminho sinuoso e em espiral para dentro da terra, bem abaixo de Wakefield.

— Meu ouvido tapou — digo. — Alguém tem chiclete?

— SSShh! — Dirk me repreende. — Movimento à frente.

Todos paramos para ouvir. A princípio, parece algo deslizando. Depois é como um estalar...

Eu cutuco Dirk.

Talvez... sejam baratas?
Só podem ser baratas...
Que arrancariam sua cabeça, June.
Eu conheço a referência: Caça-Fantasmas.

— Tá vendo, amigão! Você lembra das frases de *Caça-Fantasmas*. Seu cérebro não está com problemas se você consegue citar *Caça-Fantasmas*. Inclusive, isso deve significar que ele está funcionando a todo vapor.

— Não — Dirk grunhe. — Se eu estou citando filmes como vocês, nerds, meu cérebro deve estar despedaçado.

O som de cliques, estalos e deslizamento fica mais alto. E então algo mais.

— Um gemido — June fala.

Quint balança a cabeça negativamente.

— Não! Um lamento.

O túnel fica plano e vejo luz na próxima curva: chegamos ao fim.

Uma cortina de trepadeiras emaranhadas paira sobre a boca escancarada da passagem e uma luz de neon brilha além dela.

— Certo — começo a falar, olhando para meus amigos —, só vou lançar a ideia: Poderíamos dar meia-volta e simplesmente esquecer que viemos aqui. Voltar para a casa da árvore, pegar alguns sanduíches de manteiga de amendoim, talvez fazer uma pequena maratona de desenho animado?

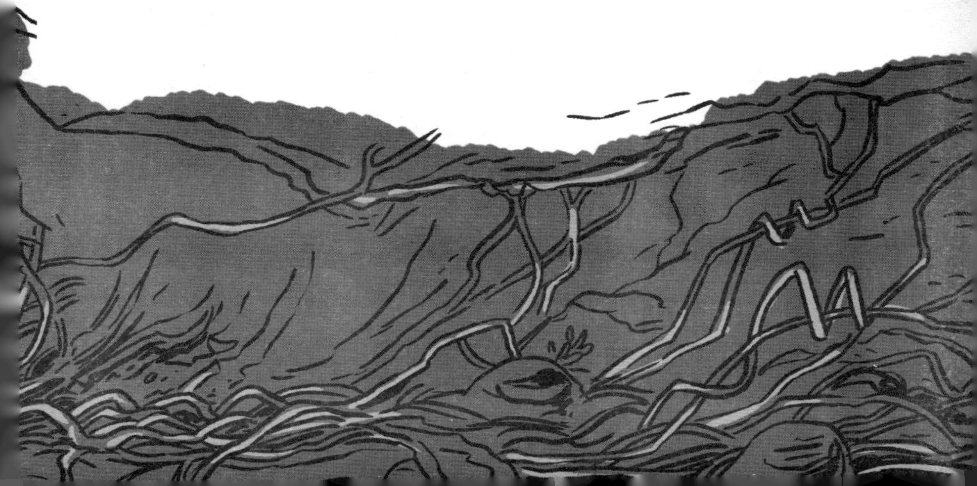

Dirk corajosamente afasta as trepadeiras, atravessamos a cortina e parte de mim gostaria de ter voltado, não apenas porque adoro uma boa maratona de desenhos animados e sanduíche de manteiga de amendoim, mas pelo o que vemos diante de nós...

É um cemitério!

Capítulo Dezoito

Ninguém fala por um longo momento. Quase posso sentir o terror e o medo vindos de meus amigos.

Estamos em uma caverna incrivelmente grande e o que há dentro é horrível. Terrível. Há uma dor em meu peito... meu coração bate descontroladamente.

Há monstros por toda parte. Eles estão espalhados pelo chão da caverna como cascas de amendoim em um jogo de beisebol, como restos de lixo, sobras, embalagens de hambúrguer. O chão está coberto de monstros que mal respiram.

— Acho que alguns estão morrendo... — June sussurra.

— E alguns já estão mortos — Dirk diz suavemente.

Conforme meus olhos se adaptam à luz fraca e estranha, a situação só piora. E piora...

Nós deslizamos para o chão da caverna, sem acreditar muito no que vemos.

Todas essas criaturas estão encolhidas e drenadas.

Como quando você toma um refri, amassa a lata em suas mãos e joga fora? É assim que isso se parece...

Exceto que não são latas de refrigerante... são criaturas vivas. Monstros, sim. Mas não monstros do mal. Nada de Bestas ou Monstros Alados.

— Tantas criaturas — eu digo suavemente. — Vejo alguns que não víamos desde que estávamos rastreando monstros para o bestiário.

Quint sorri melancolicamente.

— Ah, o bestiário, um de nossos melhores trabalhos.

Quint e June se ajoelham para examinar uma criatura que geme enquanto Dirk inspeciona as Trepadeiras. Dou um passo em direção a um monstro que reconheço: o Monstro Olho Cabeludo.

— Ei, amigão — falo — Faz tempo que não nos vemos. — Percebo que seu olho, *seu corpo*, está vidrado e acrescento: — Desculpe, não quis dizer isso... o 'não vejo' como uma piada ocular. Foi mal.

— Está em péssimo estado — Dirk fala, vindo por trás de mim.

O globo ocular rachado, sendo sugado e se fechando... me lembra um peixinho dourado que é arrancado de seu tanque e tenta sobreviver fora da água.

Dirk diz:

— As Trepadeiras estão plugadas em seu corpo como bezerros sugando a mãe.

Olhando ao redor, vejo que é o mesmo para todos os monstros no local. Meus olhos seguem as trepadeiras grossas e tubulares. Elas conduzem para longe das criaturas e pelo chão da caverna como fios elétricos se entrecruzando.

A confusão emaranhada de trepadeiras se encontra do outro lado da caverna. Há uma parede enorme e inclinada... e as trepadeiras crescem nela. E engrossam à medida que se aproximam do teto, ficando quase pretas.

Há um cheiro no ar.

Um cheiro químico. Herbicida...

A mesma coisa que usamos para explodir Thrull – A Árvore Monstro. E é então que me ocorre:

— Gente, já sei. — digo de repente, e a coisa que eu descobri dá vontade de vomitar. — Eu sei exatamente onde nós estamos.

— Jack — Quint diz suspirando. — Você definitivamente não sabe exatamente onde estamos. Caminhamos pelo menos um quilômetro abaixo do solo e você tem um péssimo senso de direção.

— Não tenho, não! — digo enquanto giro ao redor... Eu giro de volta para o outro lado.

Tenho um **ótimo** senso de direção, Quint.
Tô aqui, cara.

— Opa. Tá, tudo bem, meu senso de direção é péssimo. Mas não estou errado! Estamos embaixo da Árvore do Acesso. É por isso que essas Trepadeiras são extrassupergrossas. Não são apenas vinhas, são raízes.

Nós olhamos ao redor, com nossos olhos rastreando as Trepadeiras até o teto da caverna. Lá, as raízes da Árvore do Acesso se unem em um grande nó, como uma grande luz suspensa.

Estou repentinamente com uma sensação terrível de que estamos invadindo... que estamos dentro do covil de alguma coisa nojenta.

Mas quem ou o quê?

Desvio o olhar da raiz e sigo as trepadeiras mais grossas para baixo, ao longo da parede oposta. Percebo que se contorcem e pulam, suas espirais apertando em torno dos monstros indefesos no cemitério. Elas estão conectadas a algo... algo que está lá em cima, na parede.

Algo que está, tipo, em um casulo.

Apertando os olhos, dou um passo à frente. E eu o vejo.

Um rosto que eu esperava nunca mais ver.

Thrull...

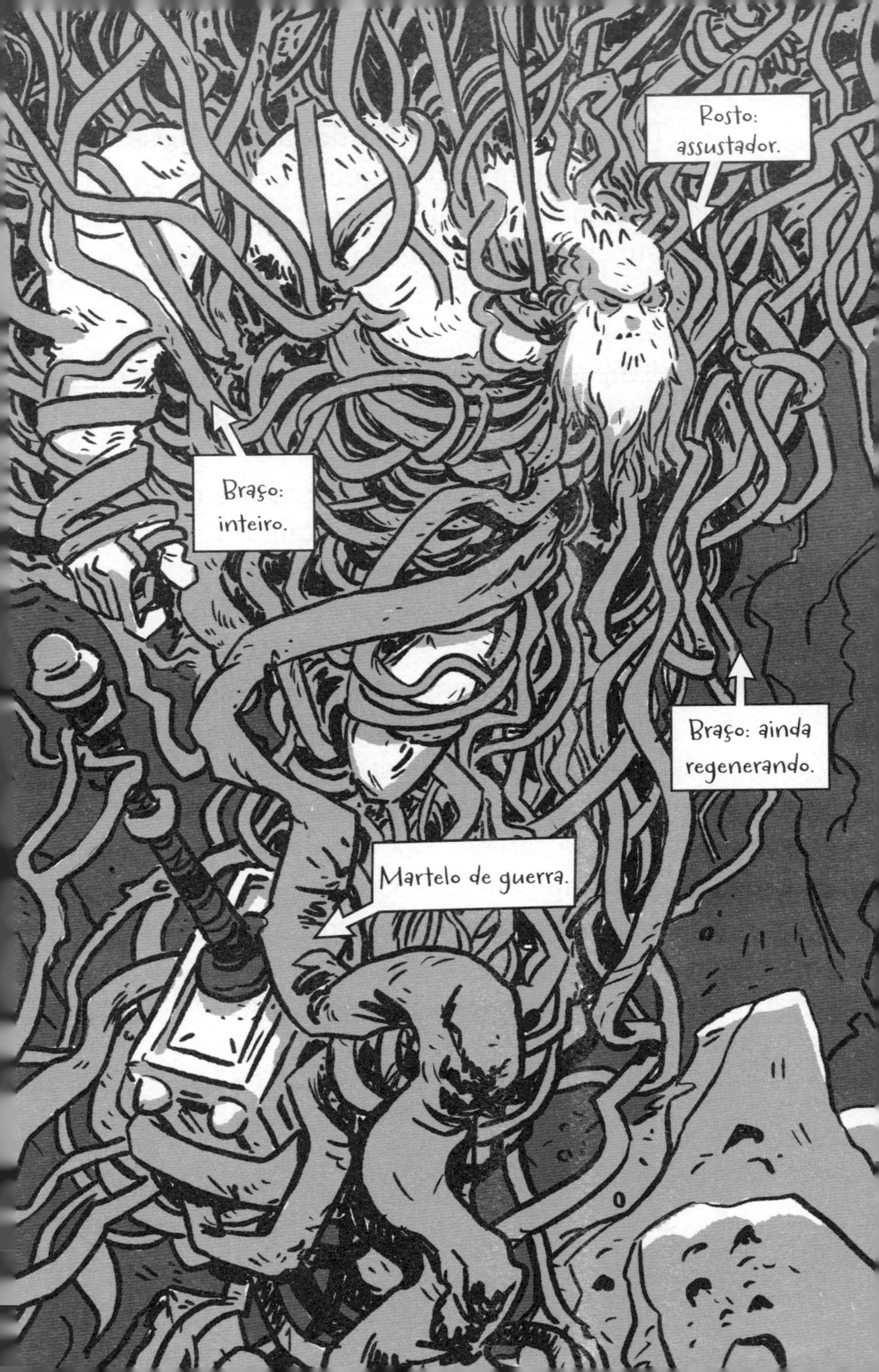
Rosto: assustador.
Braço: inteiro.
Braço: ainda regenerando.
Martelo de guerra.

O nome dele bate na minha cabeça como um tambor. Thrull. Thrull. Thrull.

Achei que o tivéssemos *derrotado*.

Para sempre...

June sussurra:

— É como se ele estivesse preso aqui.

Quint concorda:

— Um inseto na teia da aranha.

O corpo de Thrull brilha com o mesmo neon que as Trepadeiras. E cada vez que elas se movem, o corpo dele treme.

Sacudo a cabeça em negativa.

— Não acho que esteja preso, acho que está no controle.

Conseguimos dar uma pausa em nosso medo e usamos esse tempo para nos esconder. Nos abaixamos atrás de um monstro enorme que me lembra um besouro deitado de costas. Pernas longas e finas esticadas. Uma pasta preta pinga de sua grande boca arredondada.

June murmura:

— A Árvore do Acesso se alimentava de zumbis, foi assim que cresceu e virou a porta para Ŗeżżőcħ.

— Olhem em volta — Dirk fala —, para todos esses monstros. Acham que, talvez, o Thrull esteja se alimentando *deles*?

Dou uma examinada em volta. As trepadeiras vibram e tremem a cada respiração de Thrull, mal consigo ver onde elas acabam e onde começa o corpo humanoide dele.

Eu sussurro: *É quase como se as trepadeiras carregassem a vida para o corpo dele. Para revivê-lo. Ou Reanimá-lo.*

— Quando o Thrull virou Thrull, a Árvore Monstro — Quint começa a falar — ele deve ter ficado ligado às plantas. Destruímos a árvore, mas não suas raízes.

Engulo em seco. Faz sentido... naquele sentido bizarro que as coisas fazem sentido atualmente.

Thrull não foi embora, ele não desapareceu simplesmente. Ele foi puxado para o solo e está aqui desde então.

E é bem nesse momento, quando entendo esse fato terrível, que os olhos de Thrull se abrem.

Quase consigo ouvir o som, o BUUM de filme de terror, enquanto ele ganha vida. É como se ele estivesse saindo da hibernação.

As videiras quebram, sacodem e Thrull começa a se mover. Como se uma árvore esticasse seus galhos.

Então ouço algo totalmente diferente e totalmente inesperado: o velho tema do Homem-Aranha.

— Hum... mais alguém ouve assobios? — June pergunta.

— Quem poderia assobiar em um lugar horrível como este? — Quint exclama.

Sei exatamente que tipo de maluca poderia assobiar em uma caverna de terror assustadora. Vindo por outro túnel cortado por videiras está Evie Snark.

Nós nos encolhemos atrás do corpo pesado do monstro.

— O que ela está fazendo aqui? — June sibila.

Dirk sussurra:

— Eu acho que ela conseguiu escapar do esgoto.

— Evie e Thrull devem estar de conluio! —eu exclamo. — Uma grande aliança. Conluio da primeira divisão! Aposto que eles têm sua própria operação missão em andamento. Operação Missão: Conluio.

June sacode meu pulso.

— Pare de dizer todas essas besteiras.

— Vejam! — Quint diz. — Thrull está se movendo...

QUEM... QUEM É VOCÊ?
Evie Snark. Eu vim muitas vezes nos últimos dias, mas só agora, finalmente, você acordou. Seu grande dorminhoco!

A voz de Thrull está rouca e com pigarro, as trepadeiras e tentáculos tremem a cada palavra.

— Não falarei com nenhum humano. Eu vou...

— Ghazt — Evie o interrompe. — Ghazt, o General, me enviou.

— Ghazt... Ele está aqui? Nesta dimensão? — Thrull questiona com a voz rouca. — Como?

— Eu o convoquei.

— Notável! Ghazt é um grande Servo. Então, a Torre está bem encaminhada, eu presumo...

Evie faz uma pausa e tosse em sua mão.

— Torre? Hum. Não. Na verdade, o verdadeiro foco de Ghazt agora são, hã... nachos.

Thrull se move um pouco.

— O que são esses nachos de que você fala?

— Hum. Batatas e queijo e, às vezes, tipo, carnes diferentes e, na verdade, você sabe, não é muito importante agora. Veja bem, quando Ghazt veio a esta dimensão, tivemos problemas. Ele não entrou em um formato humano, entrou em um, hã, roedor. Agora, sua cauda é o órgão que controla os mortos-vivos. Ou, era. Algumas crianças e seus amigos monstros... roubaram a cauda...

Thrull rosna:

— Crianças?

— Pequenos humanos.

O rosto de Thrull se contorce.

— Eram quatro?

Evie concorda com a cabeça.

Estão falando de nós! Meio assustador, mas estou adorando. É como se todos os caras maus recém-derrotados **nos conhecessem** pois passamos muito tempo derrotando caras maus!
Se você mora perto de Wakefield e é um cara mau recém-derrotado, aposto que **nós** estávamos envolvidos!
Pessoal, este **não é o momento** pra isso.

— Se concentrem na situação, pessoal — June fala. — Eles estão falando de coisas importantes!

— Mas Ghazt não fez menção à Torre? — Thrull pergunta parecendo confuso.

Eu olho para meus amigos... e todos nós pronunciamos a palavra "Torre?"

— Provavelmente algo ruim, certo? — pergunto.

— Não deve ser uma boa torre — June responde. — Com certeza não é como uma torre inflável e de pular para festas de aniversário.

— Prestem atenção e talvez descubramos — Dirk murmura.

— Não — Evie responde suavemente —, nenhuma menção à Torre.

Thrull sorri.

— Então Ghazt não lhe disse nada importante.

Essas palavras, e a frustração de Evie, pesam na caverna.

Thrull explica:

— Como você certamente sabe, Ghazt é o general e a Torre é sua maior arma. É um *farol*. Ele alcança os soldados do general, os mortos-vivos, atraindo-os de todas as terras para ajudar em sua construção.

Evie fica imóvel.

— Quando estiver totalmente concluída, a Torre trará Ŗeżżőcħ aqui. A Torre é um transporte indomável e imparável para qualquer dimensão. — Um sorriso sombrio e cruel cresce no rosto de Thrull. — Se a cauda é a chave para Ghazt construir seu exército e construir a Torre, vou ajudá-lo a recuperá-la. *Por Ghazt. Por* Ŗeżżőcħ.

Eu giro para olhar para meus amigos, os nossos olhos estão arregalados. Eu não acredito que Evie pediu a Thrull para ajudar Ghazt! Mas o mais importante... não acredito que Thrull concordou! E tudo tem a ver com a cauda...

Thrull rosna:

— Mas, primeiro, temos que lidar com esses pequenos humanos.

Eu quase engulo minha língua.

— Gente, acho que ele sabe que estamos aqui.

O corpo de Thrull enrijece e as trepadeiras que o conectam à parede de repente se rompem!

O monstro cinza que está servindo de esconderijo, treme. Seu corpo ondula e incha como se houvesse refrigerante borbulhando sob sua pele.

— Ainda está vivo? — sussurro.

— Ou voltando à vida — June diz. — Como Frankenstein?

— Você quer dizer o monstro de Frankenstein — Quint corrige. — Frankenstein é *o cara*.

— Frankenstein não é *o cara*! — eu digo. — Ele é uma grande e pesada criatura aterrorizante! Como isso faz dele *o cara*?

— Não quero dizer que ele é um homem incrível, mas que ele é o personagem humano da história!

— Gente — Dirk rosna. — CALEM A BOCA. AGORA.

Uma sombra passa por baixo da pele do monstro cinza. As trepadeiras! Eles estão vindo...

— Para trás! — Quint grita, e então...

SCHLA-BOOM!

De repente, entranhas de monstro explodindo e trepadeiras estão por toda parte. É como uma convenção de entranhas de monstro explodindo e trepadeiras!

Trepadeiras saem do corpo detonado do monstro e de suas partes espalhadas pelo terreno.

BOOM! POP! PA-POP!

As velozes trepadeiras vêm ao nosso encalço, se aproximando e tentando nos parar...

— Por aqui! — June grita.

Ela nos leva por uma corrida louca de volta pelo túnel que viemos.

Vemos flashes de metal quando ela usa o Presente bem ao estilo Wolverine para cortar as trepadeiras, uma gosma verde vai se espalhando pelo chão.

— Não deixem elas prenderem vocês! — June grita.

— Elas sugarão vocês de dentro pra fora! — Quint completa gritando. — Igual a essas criaturas vazias no chão!

Eu pulo por cima de uma criatura, mas tropeço na seguinte e cambaleio sobre outra.

Isto parece a pista de obstáculos durante uma boa semana na educação física!
Mas bem mais... suja...
E mortal!

Só precisamos voltar ao labirinto de túneis sinuosos. Na minha frente, June, Dirk e Quint desaparecem por uma porta de terra.

Eu estou pulando para ela quando... Uma voz estrondosa me impede.

Por um segundo, é como se houvesse alto-falantes na minha cabeça, como se eu estivesse sendo hipnotizado. Mas então está vindo de todos *os lugares*.

É Thrull.

Eu me viro. Não quero, mas não consigo evitar.

Do outro lado da caverna, eu o vejo, em seu casulo.

Evie está lá no chão, embaixo dele, como o animal de estimação do professor. Mas o animal de estimação deste professor já é bem vilanesco por conta própria.

KRAK-KA-KA-KAA-KRAKKKKK

Bem acima, as raízes da Árvore do Acesso, ou o que resta dela, começam a se entrelaçar. Centenas e mais centenas de raízes se entrelaçando.

Eles estão formando uma coisa retorcida e vigorosa tão gigantesca que me faz pensar em um trem de carga desgovernado...

Agora eu sei o que cavou esses túneis enormes: essa tremenda criatura que parece uma broca.

A coisa se inclina na minha direção, piscando em neon como uma luz e em seguida se desprende do

teto e cai, batendo forte no chão da caverna, achatando qualquer coisa abaixo dela.

Sua "cabeça" se levanta.

Isto é...

É aterrorizante! Mas não tanto quanto Thrull, pois ele está vindo, descendo da parede. As trepadeiras o estão carregando, entregando ele de galho para galho.

Thrull pode não estar curado totalmente, mas resolveu sair do casulo de qualquer jeito.

Meus olhos estão fixos nos dele.

Ainda bem que Quint está aqui, me puxando para o túnel e gritando:

— Venha, amigo!

E bem a tempo, pois a Escavinha vem atravessando a caverna em minha direção.

Capítulo Dezenove

Pessoal, a Escavinha está perto! E eu dei esse nome ao monstro, pois é uma Gavinha, mas que também escava, entenderam?
O que cê tá falando?
Parece assustador, mas curti o nome!

A Escavinha nos persegue preenchendo o túnel inteiramente.

— Eu não gosto do jeito que as plantas estão piscando como lâmpadas de banheiro de filmes de terror! — June grita.

Eu escorrego em um monte de terra, caio de cara no chão, mas me levanto.

— Pessoal! — grito. Estou gritando com toda a força dos meus pulmões, mas a Escavinha é mais barulhenta do que eu. — Não são apenas... as Trepadeiras... é algo maior! A Escavinha.

Meus amigos correm para a próxima curva, eu abaixo minha cabeça e corro mais rápido, indo atrás deles, e grito:

— Pessoal, É ENORME! REALMENTE GRANDE!

— Quão grande? — Dirk grita enquanto olha para trás. Seus olhos se arregalam assustados. — Oh! Gigantesca.

À frente, June parece encontrar outra marcha e ganha velocidade. Estamos subindo o caminho todo.

Estou com uma câibra no lado do corpo, sinto como se tivesse engolido uma estrela ninja e ela estivesse presa na lateral do meu estômago. Infelizmente, aposto que a Escavinha não tem câibras. Muita sorte a desse monstro.

— Vejam! Mais pelos espinhosos — Quint grita, apontando para frente.

— Isso significa ir para a esquerda! — Dirk afirma. — É por onde viemos!

Estamos quase na superfície.

Mas a Escavinha está perto... e se aproximando mais.

— Vou tentar atrasar o monstro! — grito e pego o Fatiador por cima da minha cabeça.

Eu o enfio na parede do túnel e vou arrastando pela terra enquanto corro. Giro a manopla, vejo terra saindo do buraco e, a seguir, a parede do túnel começa a colapsar atrás de nós.

— Rápido, rápido, rápido! — grito.

Outra curva e então eu vislumbro a cratera por onde entramos. Tem uma corda pendurada pelo buraco da cratera, o cabo de reboque da Big Mama.

June salta para a corda.

Quint vem logo atrás voando para a corda.

Dirk também a agarra.

Eles estão sendo levantados. No último instante, eu salto e Dirk agarra meu punho.

— Me puxa! — eu grito.

— Tô puxando, mano!

Então, com um último puxão, eu explodo para fora do buraco. Dirk corre para a Big Mama. E então...

KAAA-VOOSH!

A Escavinha arrebenta o solo como se fosse um terremoto. O corpo em movimento do monstro é como uma baleia rompendo a superfície. A cabeça afiada e franjada da Escavinha grita de raiva.

— É como uma extensão do Thrull — Quint fala — cumprindo suas ordens.

— Eu não estou NEM um pouco feliz com isso — June rosna.

— PEGUEM ELA!!! — grito, e June, Quint, Rover e eu avançamos para atacar...

AAAHHHH!

A Escavinha se sacode! Ela balança de um lado para o outro como uma mangueira de jardim fora de controle e uma gosma verde jorra. Então...

CA-CLINK

Olhando para trás, vejo Dirk ao volante da Big Mama com uma expressão dura e maldosa.

É uma expressão que diz: "Eu sou Dirk Savage, fui mordido por um zumbi e sobrevivi... estou com algo estranho na cabeça, mas continuo em frente... e praticamente não tenho mais nada a perder, então VEM PRA CIMA".

Sua mão abaixa, a Big Mama cambaleia e...

KA-BOOM!

Granadas de gosma-gosmenta e lâmpadas que se quebram sendo lançadas pelo ar, atacando!

Mas antes de atingirem o alvo, a Escavinha se contorce para baixo do solo. Os foguetes passam assobiando por nós e pousam inofensivamente em algum lugar distante.

O monstro escapou.

E agora o tamborilar na minha cabeça retorna, mas desta vez está dizendo:

Thrull. Voltou. Thrull. Voltou.

— Precisamos falar com Bardo — Quint diz.

Eu concordo:

— E temos que nos livrar daquela cauda. Agora!

Capítulo Vinte

A sorveteria é perto dos limites da cidade e não há muita coisa perto dela: um posto de gasolina, algumas árvores e um estacionamento.

A chuva cai forte, escorrendo pelas folhas.

Estacionamos a Big Mama nos fundos e corremos para a entrada.

Empurro as portas e sou recebido por um fedor pútrido de leite azedo. Pelo jeito sorvete de um ano não cheira bem. Quem poderia imaginar?

Cones de waffles quebrados se esmigalham sob meus pés como vidro quebrado.

— Quint, é aqui que você e Bardo fazem a pesquisa da cauda? — June pergunta.

— É nojento e estranho — Quint admite.

A cauda está no centro da loja, em cima de uma mesa de metal. É difícil acreditar que este rabo de rato enrugado, com pedaços de plástico derretido, seja a chave para controlar e ativar um exército de terror morto-vivo.

Bardo está parado ao lado da cauda, pensando.

— Bardo — digo sem fôlego —, Thrull está de volta.

A luz refletida na mesa tinge seu rosto de um branco-amarelado fantasmagórico. A chuva chicoteia e o vento bate à porta. Um trovão estala à distância e gotas de água escorrem pelo teto.

Bardo parece um cientista louco quando se vira para nós.

— Eu sei — diz. —E ele quer o rabo.

Quint exclama:

— Temos que...

Quint está confuso.

— O quê?

Bardo explica:

— Quint, eu sabia desde o início que nada de bom poderia sair desta cauda. Mas esperava que sua pesquisa pudesse revelar alguma fraqueza. No entanto, destruí-la parece impossível! Tudo o que eu tentei me enfraqueceu.

— Mas nós temos que conseguir — afirmo. — Thrull vai...

Mas faço uma pausa antes de terminar, porque tudo ficou assustadoramente quieto de repente... e, de alguma forma, eu sei que é Thrull.

Ele está aqui.

Sua voz soa mais alta do que o trovão:

— EU VIM BUSCAR A CAUDA!

Olho para meus amigos e todos nós temos a mesma expressão no rosto: medo e dúvidas. O que virá a seguir? O que faremos?

Vou até a janela e vejo que ele não está sozinho.

Eu fecho a janela rápido e o meu movimento derruba um velho jarro de gorjeta e as moedas

rolam, batendo no chão molhado. Muito bem, Jack. Supersuave.

Não é como se uma pequena janela de plástico fosse nos manter a salvo do que está lá fora, mas, ainda assim, já é alguma coisa.

Dirk grunhe:

— Isso aqui parece o Velho Oeste! Estamos escondidos nesta sorveteria como se fosse uma cabana... e Thrull é o bandido de chapéu preto lá fora.

Meus olhos examinam a loja.

— Temos que fazer alguma coisa ou esta sorveteria vai ser o nosso túmulo.

O rosto de Bardo não demonstra emoções, mas seus lábios estão se movendo... sussurrando para si mesmo. É como se ele estivesse trabalhando em algo dentro de sua cabeça. E finalmente ele acena com a cabeça em sinal positivo de forma lenta e pesada.

— Há uma coisa que posso tentar. Por favor, deem um passo para trás...

Bardo coloca as mãos na cauda, seus olhos se fecham e a atmosfera parece mudar.

O ar ao nosso redor começa a brilhar.

A chuva forte, que faz um barulho parecido a de horríveis unhas de vampiro batendo e batendo no telhado, se intensifica.

O vento sopra e chicoteia. Eu me agarro a uma mesa próxima, de repente com medo de ser lançado em um tornado que vai para sabe-se lá onde.

Bardo estremece e a cauda nodosa lateja e incha mostrando milhares de pelos grossos e terríveis se arrepiando.

Ele está conseguindo, Bardo está conseguindo! Tudo vai ser...

SLAM!

A porta se abre e a sombra de Thrull SURGE na escuridão. Ele agarra seu martelo de guerra.

Bardo ergue os olhos, ele não corre. Em vez disso, ele se vira para mim e...

A cauda brilha e Bardo estremece. Sinto um choque estranho e breve... como tocar na maçaneta da porta depois de andar pelo tapete de meias.

Bardo me solta e eu cambaleio para trás enquanto Thrull ataca.

KRAK!!!

Há um facho de luz e o calor atravessa meu corpo.

Eu voo para trás, através de uma parede, mas não sinto o impacto. Só me dou conta que estou caído no chão, no estacionamento, deitado de costas.

Ouço sinos em meu ouvido, como se fosse o Natal.

O facho de luz deixou uma imagem nos meus olhos: se eu fechá-los bem consigo ver Thrull atacando com seu martelo.

Eu me sento e esfrego os olhos, está escuro demais para enxergar bem lá do estacionamento, mas consigo ver que as quatro paredes da sorveteria já eram.

De alguma forma, a mesa de metal no centro da sala ainda está de pé e a cauda ainda está apoiada sobre ela.

Evie fica parada na chuva, como uma estátua, observando.

Eu viro minha cabeça, procurando por meus amigos, que estavam ao meu lado...

— Pessoal — chamo —, vocês estão bem?

Eu ouço um gemido vindo das árvores. June.

— Nunca estive melhor — ela consegue dizer.

Do outro lado, Dirk diz:

— Tô bem.

E então a voz de Quint:

— Estou bem, amigos.

Saber que eles estão bem me dá um pouco mais de força. Tento me levantar, mas escorrego imediatamente.

Meu queixo raspa o cimento e as pedras cortam a palma da minha mão. Estendo a mão da luva e o aperto da ventosa me estabiliza.

Cinzas e detritos estão por toda parte, mas há outra coisa: granulado de arco-íris. Eles se misturam com a chuva e caem como confetes. É a única coisa colorida neste mar de escuridão.

A fumaça se dissipa e, através da garoa rosa, amarela e vermelha, vejo duas figuras:

Bardo: sobre um joelho, levantando-se de forma lenta e trêmula, e Thrull: elevando-se sobre Bardo.

A voz de Thrull preenche o estacionamento:

— Vejo que a arma de Jack mudou. A humana, Evie, diz que o taco pode manipular os mortos-vivos e sua mão agora é uma luva cósmica... Bardo,

você andou bem ocupado enquanto eu dormia. Um professor? Um guia? É isso que você pensa que é?

Bardo não responde.

Thrull rosna:

— Este não é o seu mundo, Bardo. Por que se importa? Você ficou muito sentimental nesta dimensão. Nossa espécie... não sentimos nada pelos outros...

Bardo estica a mão e, trêmulo, puxa sua espada.

— Não estou ansioso para fazer isso — Thrull afirma.

Bardo permanece em silêncio.

— Você falhou — Thrull diz com sua voz áspera e desdenhosa. — A cauda será minha. O CONTROLE será meu. Mas não preciso te destruir.

Bardo, vagaroso e enfraquecido, ergue sua espada.

Thrull confirma com a cabeça.

— Mas se você prefere assim...

Meus olhos estão cheios de água e embaçados, fico grato por isso.

Thrull levanta o martelo de guerra, que parece pairar no ar, desafiando a gravidade, e então ele o gira...

Há um barulho estrondoso, um lampejo de energia, metal sendo esmagado... E Bardo batendo em um

carro próximo. O golpe de Thrull o catapultou para fora dos destroços e para o outro lado da rua.

Eu me arrasto para o lado de Bardo. Suas roupas estão rasgadas, mas ele não parece, você sabe, morto. Quero dizer, se um grande martelo de guerra atinge o corpo do seu amigo, você espera ver algo pior.

— Bardo, você está bem! — digo. — Caraca, isso me assustou! Certo, temos que sair daqui. Agora mesmo.

Os olhos de Bardo se estreitam e eu sigo seu olhar. Dentro das ruínas da loja, Thrull está curvado sobre o rabo como se estivesse prestes a devorá-lo. Ele estende seu braço ainda não curado expondo pequenos tentáculos de carne esvoaçante.

Os olhos de pálpebras pesadas de Bardo piscam para mim.

— Jack — ele diz —, eu não estou bem. Minha energia absorveu o golpe do martelo, mas agora estou enfraquecido... além do ponto de conserto...

Bardo ainda segura o cabo da espada, mas estende a mão livre para mim.

— Jack... — ele diz. Sua voz é suave e fina. — O poder de controle pode ser inteiramente seu. Mas... é... é...

— O quê? — Eu me ajoelho sobre Bardo, pegando sua mão. — Bardo! Eu não entendo! Me ajude a entender!

Ele aperta minha mão antes de falar fracamente:

— A escolha é sua, Jack. Mas é um fardo tremendo. E, por isso, eu sinto muito...

— Sente muito? Por quê?

A cabeça de Bardo se ergue, ele está tentando dizer mais coisas... tentando me dizer tudo o que pode. Mas seu corpo treme e ele só consegue...

JACK,
A DECISÃO... ESTÁ
AGORA ...
EM SUAS...
MÃOS...

Os longos dedos de Bardo apertam os meus, ele está tão fraco que eu quase não sinto o aperto sob minha luva.

Seus lábios se abrem, como se quisesse dizer uma última coisa, mas ele não consegue.

Sua espada bate no pavimento e seus olhos entreabertos agora estão opacos e pálidos, então, eles se fecham.

E é assim que acontece.

É assim que Bardo morre.

Capítulo Vinte e Um

O sorvete derretido e espesso está espalhado em uma camada pegajosa no chão, pontilhada com granulados de arco-íris, parece que o mundo foi atingido por um ciclone de massa de bolo.

Através da chuva, vejo Thrull...

Ele enfia seu braço carnudo no lado cortado da cauda...

A cauda se funde ao braço de Thrull formando um apêndice longo e assustador. Estava claro que ele não devolveria a cauda para Ghazt, ele queria o controle dos zumbis para si mesmo, e agora conseguiu...

Ele é um mentiroso! E eu aprendi isso da pior maneira.

Evie também notou! Com o canto do olho, eu a vejo se afastando.

A cauda se retorce fazendo Thrull virar, ele está de costas para mim.

Então eu me levanto e começo a atravessar o estacionamento, estou assustado demais para confrontá-lo, mas bravo demais para não fazer nada.

A chuva cai ainda mais forte.

E antes que eu possa me decidir...

Rover está me carregando em sua boca como um filhote de leão e a Big Mama está vindo em nossa direção. June está ao volante, Quint ao lado dela e Dirk atrás.

Eles estão todos bem.

Eu não suspiro de alívio, mas, sim, um pouquinho de respiração aliviada sai pelas minhas narinas.

— O que estamos fazendo? — eu pergunto enquanto Rover corre ao lado de Big Mama.

— Fugindo! — Quint grita.

— Mas e o Bardo! — eu grito. — Não podemos deixá-lo!

— Precisamos deixá-lo — Dirk fala. — Por enquanto.

Eu não sei como responder a isso, mas então o Rover salta para a carroceria da Big Mama e eu acho que prefiro ficar longe do frio, então rastejo pela janela traseira, para dentro, para o calor dos meus amigos.

Quint me puxa para perto e estou feliz... feliz que a chuva está aí para esconder minhas lágrimas...

Capítulo Vinte e Dois

A Big Mama acelera em direção à fazenda de árvores de Natal, mas estou atordoado e ignorando o mundo correndo pela janela. Gostaria de estar em outro lugar, de ser outra pessoa... alguém que não viu o que eu vi...

O corpo de Bardo está deitado lá...

Sinto uma mão em meu braço. É Quint, que diz:

— Eu sei, Jack. Eu sei.

Eu quero gritar: "NÃO! Você NÃO sabe!", mas não digo nada.

Olho para fora: para as árvores e prédios passando correndo, para as Trepadeiras rastejando sobre tudo, para esta invasão do mal de outra dimensão...

Fecho os olhos com força e, ao fazer isso, ouço a voz de Bardo, mas não está em minha imaginação, não é algo místico! A voz é real. De *alguma forma*, Bardo está falando comigo do além...

A voz diz: "Você deve permanecer forte, Jack. Você deve, porque..."

— Quint! — falo. — Estou de luto! O que você está fazendo?

— Uma coisa tipo Obi-Wan!

— Agora não é hora para uma coisa tipo Obi-Wan!

— Me desculpe! — Quint diz. — Situações emocionais me deixam desconfortável e não sei o que fazer! Mas acredito que o humor pode curar até as maiores feridas!

Eu me viro para a janela para ficar de mau humor em paz quando meu coração quase salta pela minha garganta: os pneus da Big Mama estão guinchando, os freios rangendo e estamos dando um solavanco. Algo está se movendo na estrada.

Warg.

Suas centenas de olhos brilham quando os faróis piscam sobre ela.

Eu pulo da caminhonete e a porta ecoa na noite tranquila.

Atrás de mim, June diz:

— Warg? O que está fazendo aqui? Estávamos indo para a fazenda...

— É tarde demais — Warg fala.

— O quê?

— Thrull veio aqui — ela fala. — Ele levou os zumbis. Uma enorme criatura vegetal feita de raízes e trepadeiras surgiu do solo.

— A Escavinha — eu rosno.

— Os zumbis se foram — Warg continua. — Todos eles...

Os olhos de Warg voam em todas as direções procurando, então eles estreitam seu foco em mim e ela calmamente pergunta:

— Onde está Bardo?

Abro a boca para dizer a ela que "Ele se foi" e, no segundo seguinte, a água começa a se acumular sob seu corpo. Cada globo ocular jorra lágrimas formando uma poça tão grande que poderia inundar toda a rua.

É Dirk quem se ajoelha em frente dela e diz:

— Venha, vamos levar você para a casa da árvore.

Capítulo Vinte e Três

Passamos pela Pizza do Joe: as janelas brilham e a música chega às ruas. Nossos amigos monstros não sabem o que é ficar de luto.

Na casa da árvore, todos ajudamos Warg a subir e entrar. Ela se acomoda em uma cadeira de uma forma estranha, tipo um desenho animado. Um por um, seus olhos piscam e abrem, ligando e desligando como lâmpadas de Natal cintilantes.

Ela olha em volta escaneando a casa da árvore com seus olhos atentos.

— O que é este lugar?

— Nossa casa — digo.

Dirk ri de uma forma suave e triste.

— Bem-vindo à casa da árvore no fim do mundo...

— Vamos pegar um pouco de água para ela — June fala para Quint. — Espere, os monstros bebem água?

— Acho que sim — Quint responde.

— Ela tem que repor todas aquelas lágrimas, certo? — June pontua. — Ela *deve* estar desidratada.

Eu me viro e minhas mãos estão tremendo.

— PESSOAL, apenas peguem alguma coisa!

June e Quint correm para o quarto de Quint, onde ele guarda suas coisas científicas.

Minha cabeça se abaixa e fico olhando para os meus tênis por um longo, longo tempo. Finalmente, eu olho para Warg.

— Não entendo — digo, e não tenho certeza se estou com raiva ou apenas confuso.

— Pensei que você não se importasse com ninguém! Você mora na fazenda, sozinha... Por que ficou triste?

É EXATAMENTE PORQUE ME IMPORTO QUE ME ISOLEI.
SE IMPORTAR É UMA FALHA EM MEU SER. VOCÊ SABE COMO É FICAR APEGADO A UMA CRIATURA QUE NÃO CONSEGUE SE APEGAR TAMBÉM?

Depois de um longo momento, eu calmamente digo:

— Aah!

— E agora você conhece meu segredo — Warg sussurra.

— Todo esse tempo nós pensamos que você era uma grande resmungona — Dirk fala.

É quando ouvimos o grito de June, que aparece um momento depois na porta. Seu rosto é metade choque e metade excitação maluca.

E então Quint também está lá: com uma TV em seus braços, o fio enrolado em sua perna, ele está tentando correr para a sala com ela, mas a TV não passa pela porta e há um estalo quando ela bate na parede, fazendo-o cair para trás.

— Aham — ele diz, se reajustando. Ele tenta andar de costas, mas a TV ainda é grande demais. Outra batida. Ele finalmente se esgueira de lado e, quando se vira, eu vejo...

Uau.

A gravação da TV está em pausa. Mas ali, na tela, eu vejo claramente...

Os pais de June. Os nomes deles.

— Funcionou — ela diz sem fôlego. — Eles estão bem. Meus pais estão bem... e estão por aí em algum lugar...

Eu olho para Quint.

— E... e os seus, amigo?

Ele pisca rapidamente e está mordendo o lábio.

— Eu não sei, estou... estou com muito medo de olhar. Está gravado! Só preciso voltar a fita, mas não tenho certeza se... — Sua voz some e seus olhos se afastam de nós.

Eu engulo em seco e decido que este é o trabalho de um melhor amigo.

Eu pressiono o botão *VOLTAR*, e milhares de nomes se movem ao contrário. É como assistir a abertura de Guerras nas Estrelas, mas de cabeça para baixo.

Nós ficamos todos em silêncio por alguns dos minutos mais longos da minha vida e então... vejo o nome:

Baker.

E então... ah não, outro Baker.

E outro.

— Quint, tem tipo, um zilhão de Bakers! Por que você foi ter um sobrenome tão popular?

— JACK, PELO AMOR! — Quint grita.

Os nomes vão passando, devagar, e então eu pauso.

Engulo em seco de novo, tem uma bola na minha garganta.

A mãe e o pai dele. Vejo seus nomes.

Então digo com um sorriso:

— Se eu fosse um amigo ruim poderia *zoar tanto* com você agora...

Os olhos de Quint brilham e se enchem de lágrimas, então ele pisca e vira o rosto.

Alegria. Uma alegria insana e inacreditável que borbulha tão forte que jogo meus braços sobre Quint e June, mas tem a droga da TV que é grande demais para permitir um abraço em grupo, então termina meio que comigo abraçando a tela.

Então sinto os braços de Dirk nos embrulhando o máximo possível.

Queria ter braços maiores, para abraçar todos vocês de uma só vez!
Eu também!
Eu queria não estar segurando a TV!

E por minutos, minutos e mais minutos nós apenas nos abraçamos e não dizemos mais nada.

É meio que o final feliz de tantas coisas: o rádio, o Rei Alado, as esperanças e desejos de June, meus medos e preocupações e aquele primeiro dia que encontrei Quint e nós ficamos em sua casa estranhamente silenciosa porque seus pais tinham sumido e ele não queria falar mais nada sobre aquilo...

— JÁ SEI! — Quint exclama de repente. Ele fala tão alto que somos praticamente jogados para trás. — Dirk, eu sei o que há de errado com você!

Dirk dá um passo para trás.

— Você sabe?

Quint concorda.

— É exatamente igual a Warg! Igual a esta TV!

A mente de Quint deu um salto repentino para um novo território e eu fiquei boiando.

Ele começa uma explicação e seus braços começam a balançar descontroladamente... até que se lembra que ainda está segurando a TV. Ele quase a deixa cair três vezes antes de dizer:

— June, hã, pode me ajudar?

June, sem dizer nada, pega a TV. Ela a encosta no sofá e passa a mão nos nomes. Acho que ela quer voltar a gravação e ver os nomes de seus pais novamente.

— Warg — Quint fala, aproximando-se dela. — Quando te conhecemos, seus olhos nos rodearam como um enxame. Cada *um* deles fez algo diferente, mas todos eles são, na realidade, uma extensão *sua*. Como isso funciona?

Os olhos de Warg balançam, alguns pulam de seu corpo e rolam no chão, que está mega sujo... esses olhos com certeza estão pegando algumas migalhas de KitKat.

Os ombros de Warg se encolhem.

— Eu penso em algo e os olhos comunicam o pensamento um para o outro. Isso simplesmente funciona.

Quint diz:

— Como uma mente coletiva!

— Olha — Quint fala —, Jack e eu vimos todos os filmes de zumbis já feitos... e não me lembro de

O que é mente coletiva? O que isso significa?
Só quero saber por que minha mente parece uma droga de **rádio-zumbi?**

nenhum em que zumbis lutassem sob o *comando* de *alguém*.

— Isso é verdade — respondo.

Quint continua:

— Então, essas coisas que chamamos de zumbis não são apenas zumbis. Quero dizer, eles são zumbis, mas há mais coisas neles. Não se esqueçam que a praga-zumbi se originou em outra dimensão, ela pode não seguir as regras terrestres usuais...

Dirk suspira tão fortemente que as paredes da casa da árvore quase tremem:

— O que uma praga-zumbi interdimensional tem a ver com uma mente coletiva e o que isso tem a ver comigo OUVINDO COISAS ESTRANHAS??

— Quint, meu amigo — digo baixinho em seu ouvido —, talvez você possa chegar à parte em que você diz a Dirk o que está acontecendo com a cabeça dele?

— Sim, certamente, é claro! — Quint responde. — Dirk, você quase se tornou um zumbi, mas o processo foi interrompido antes da conclusão. Acredito que houve um efeito colateral dessa quase transformação: você agora está conectado à mente coletiva dos zumbis, mas apenas *um pouquinho*.

— Oh, sim... — Quint diz. — Claro, não é emocionante para você, Dirk, mas é...

— Ruim — Dirk completa. — É apenas ruim.

— Espera aí — eu falo para o Dirk —, talvez não seja ruim. SÉRIO. Quero dizer, agora que sabemos o que há de errado, podemos descobrir como transformar em algo bom.

— De fato — Quint continua —, quanto mais perto você estiver dos zumbis, mais forte será a conexão, então é só ficar longe deles!

— Certo, certo, tudo isso são ÓTIMAS notícias — Dirk ironiza com a voz cheia de sarcasmo raivoso. — Quem não ficaria feliz em descobrir que está conectado a zumbis, certo? Então, realmente, todos estamos felizes. Vocês dois estão felizes por seus pais estarem bem e...

O som de vidro quebrando silencia Dirk. Todos nos giramos... a enorme TV de tela plana está no chão, uma rachadura a atravessa. Os olhos de June estão apertados e ela está colocando latas de gosma--gosmenta no Presente.

— Nem sabemos onde Thrull está — Quint fala. — Ou os zumbis. Ou Evie e Ghazt.

OUÇAM AQUI!
Nada disso interessa se Thrull construir a Torre.
Vocês ouviram: Rezzöchi virá
Não interessa os nossos pais.
Não interessa o Dirk melhorar.
E se não recuperarmos os zumbis, Thrull vai ter uma enorme dianteira pra construir essa coisa...

Ficamos lá sentados com uma espessa sensação de desesperança se instalando.

É quando Dirk se levanta:

— Mas talvez possamos descobrir — ele fala. — A TV, o Wi-Fi, o videogame, eles captam sinais no ar, certo?

Quint pensa.

— No ar? Hum. Bem, eu suponho que sim. Embora isso seja uma explicação muito simplificada.

— E eu capto sinais dos zumbis, certo? Ou algo parecido? — Dirk pergunta.

Quint concorda. E todos permanecem em silêncio esperando que Dirk continue.

— Bem, o que eu ouço... é confuso. Não está claro. Mas talvez se eu me aproximasse dos zumbis, ficaria mais claro. E se eu pudesse ouvir bem...

— Você saberia o que os zumbis sabem — Quint finaliza por ele. — Você saberia o que Thrull está fazendo.

— Mas, Dirk — eu interrompo. — Quando você chega perto dos zumbis...

— Dói — ele fala com um encolher de ombros resignado. — Mas às vezes você tem que se sacrificar pelo time. E vocês, amigos, vocês são meu time.

Capítulo Vinte e Quatro

Os próximos minutos se desenrolam mais do que rápido. A Missão Operação: Animar o Dirk se transformou em Missão Operação: Dirk e a Grande Mente Coletiva Zumbi. E é todo mundo com a mão na massa.

A antena de satélite do Wi-Fi foi carregada na Big Mama.

O capacete de futebol do Quint, o que ele estava usando para tentar entender a energia da cauda, vai para a cabeça de Dirk.

O capacete se conecta ao aparelho de som da Big Mama.

As chaves do carro vão para a ignição.

Dirk deita na caçamba da caminhonete. Quint vai sentado ao lado dele, amarrado ao assento, com a antena por perto.

— Vocês estão prontos? — pergunto.

Amplificador de energia no ar? Checado.
Absorvente de ondas cerebrais? Checado.

Dirk e Quint concordam com a cabeça.

Dentro do porta-luvas da Big Mama está um mapa de Wakefield e da área em volta dela, estou desdobrando quando June diz:

— Eu vou dirigir.

E não discuto, porque essa é uma briga que eu perderia. Em parte porque June quer muito achar a Torre que está ameaçando a família que ela acabou de descobrir que ainda está viva e em parte porque sou um péssimo motorista.

— Boa sorte — Warg fala.

Ela está do lado de fora da casa da árvore com Rover ao seu lado.

E então as chaves estão girando e o motor está rugindo e todos nós estamos esperançosos...

Nós dirigimos e dirigimos. June nos conduz em uma espiral, começando na casa da árvore, depois se espalhando como um cata-vento, cada vez mais largo, para não perdermos nada.

É como segurar seu telefone celular para cima esperando encontrar barras suficientes para fazer uma ligação e conseguir uma carona para casa depois do treino de futebol. Exceto que a cabeça de Dirk é o telefone e esta ligação é a chave para tudo.

Unhas são roídas.

Mostradores são ajustados.

Lábios são mordidos.

De repente, no aparelho de som, ouço alguma coisa: mas é tão suave que me pergunto se não estou apenas imaginando. É como quando você coloca uma concha no ouvido e ouve o oceano. Mas fica mais alto...

Eu giro no banco do passageiro. Na traseira da Big Mama, vejo os lábios de Dirk se contraindo e seu rosto ficando rígido de dor, seus olhos estão fechados com tanta força que parece que estão colados.

Quint ajusta o satélite, inclinando-o, e Dirk começa a falar mais alto e mais rápido. É incrível: essas palavras são os pensamentos diretos de toda uma horda de zumbis interconectada... e eles estão sendo lançados em seu cérebro e disparados para o nosso estéreo!

Quint ajusta a antena mais uma vez e eu aumento o som do rádio. Lá atrás, Dirk está cuspindo um estranho fluxo de palavras.

Você já se perguntou o que os zumbis pensam? Eu posso te contar: tem muito a ver com comer. Mas comer o tipo de coisa que ninguém quer ouvir falar. Talvez algum dia, eu possa te contar.

Mas há outras coisas também, uma confusão de palavras: *"Mova-se. Vai. Falando. Rabo. Agora."*

E então...: *"Rolando. Deslizando."*

Cada palavra que sai da boca de Dirk é dita com uma voz ligeiramente diferente. É ele falando, com toda a certeza, mas está canalizando os zumbis.

Então ele diz mais duas palavras... e quando ele as diz, seus olhos se abrem:

"ÁGUA. MONSTRO."

Eu engasgo com o que penso:

— O Sucatken! Ele está de olho nos zumbis! E os zumbis estão vendo o Sucatken!

— Pra esquerda! Para o píer! — eu grito enquanto examino o mapa.

June gira a direção e deslizamos para a avenida. Então estamos acelerando pela cidade, voando colina acima, passando pela biblioteca. E no caminho, descendo a colina, eu a vejo:

É um ponto distante, está a quilômetros de distância.

Mas está lá!

A Escavinha.

Ela surge como uma roda-gigante cheia de ramos e trepadeiras saindo de suas dobradiças.

Se eu apertar os olhos com força suficiente, posso ver os zumbis. Cada zumbi da fazenda, pontilhando a Escavinha. Como granulados em uma casquinha de sorvete.

Como o granulado que espalhava-se no ar enquanto Bardo caía.

— Dirk — falo girando minha cabeça para trás. — Dirk, você conseguiu. Pode tirar o capacete.

Quint imediatamente o desliga. O capacete bate na caçamba da caminhonete quando Dirk vira de lado. Gotas de suor escorrem pelo seu rosto e ele respira fundo...

Dirk põe a mão no ombro de Quint. Ele murmura algo como: *"Obrigado, amigo."*

— Bem, nós encontramos — June fala. Seus dedos estão firmes no volante enquanto ela observa a Escavinha. — E agora?

Acho que quero dormir agora!
Você conseguiu, amigo.
Não vai precisar fazer de novo.

— Agora vamos recuperar aqueles zumbis — respondo.

— São muitos zumbis... — Quint lembra.

Eu concordo:

— E vamos precisar de muita ajuda.

Com isso, estendo minha mão para fora da janela, arranco a faísca de um fogo de artifício e ele voa para o céu, explodindo bem acima de nós com um...

SKA-BOOM!

— *Batalha de games*? — June diz com um sorriso malicioso.

— Skaelka adora jogos — explico —, e aposto que ela ficará feliz em trazer alguns de seus amigos...

À nossa frente, a Escavinha surge e se transforma à medida que desliza. Tenho uma sensação de vazio e escuridão no estômago... é um pesadelo que ganha vida.

June pisa no acelerador e Big Mama avança. Logo estamos perto o suficiente para que eu possa ver Thrull, no topo da Escavinha, como se ele estivesse surfando uma onda.

Nossos olhos se encontram. E ele sorri.

— June, cuidado! — grito de repente, mas já é tarde demais...

KA-SCHLURP!

As trepadeiras emergem da parte de trás da Escavinha como monstruosas serpentinas de festa. Elas alcançam a parte de baixo da Big Mama e então há um som tremendamente alto de algo sendo cortado...

A Big Mama foi destruída! O motor foi rasgado e metade da parte inferior da picape cai. Olhando para baixo, vejo o calçadão de madeira correndo abaixo de nós.

— Minha mãe vai me matar... — Quint geme.

June vira o volante para evitar uma barraca de sorvete à frente e o caminhão para.

A Escavinha e Thrull estão fugindo!

Então eu ouço. E olhando para trás, eu as vejo...

Skaelka e a cavalaria da Carapaça.

Capítulo Vinte e Cinco

Dezenas de criaturas-caranguejo usando conchas veiculares correm em nossa direção. Centenas de latas de gosma verde-neon brilham como vaga-lumes. Skaelka está liderando o ataque em seu próprio Carapaça turbinado.

— Vamos pegar uma carona com esses caras! — digo.

Mas Skaelka deve ter uma ideia diferente, porque ela não está diminuindo a velocidade. Em vez disso, se enfia dentro da Carapaça e...

FLING!

A carcaça do veículo vira e vemos o corpo abaixo dela: é viscoso e parecido com um caranguejo. Skaelka está deitada em cima dele, segurando firme, enquanto as minúsculas pernas ágeis da Carapaça avançam a uma velocidade vertiginosa.

June olha pela janela traseira.

— Skaelka vai parar ou...?

— NÃO VOU PARAR! — Skaelka grita. — A BATALHA NÃO ESPERA POR NENHUM MONSTRO!

Momentos antes de nos atingir, a Carapaça abaixa a cabeça e se aproxima do solo. Skaelka se inclina para frente, abraçando a criatura com força.

— Preparem-se! — eu grito.

A Carapaça desliza para baixo da Big Mama, levantando-a. June mergulha no banco de trás quando Skaelka aparece, levantando-se por dentro do metal retorcido para o banco do motorista.

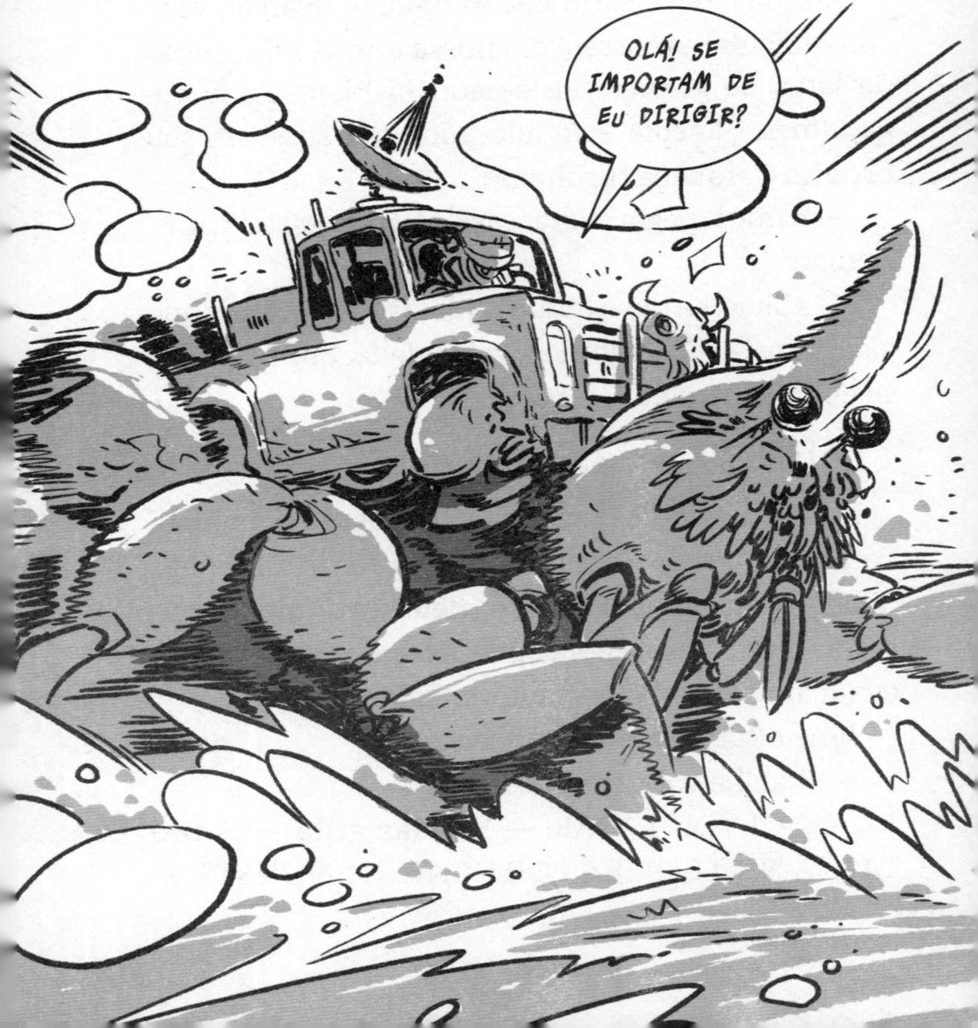

— SIGAM AQUELA ESCAVINHA! — Quint grita apontando para frente.

Skaelka conduz Big Mama pelo calçadão, desviando do entulho e das pranchas de madeira. Ela tem um sorriso louco no rosto enquanto gira a direção para frente e para trás.

— Hã, Skaelka — pergunto, inclinando-me para frente. — A direção não faz nada, certo? O carro é apenas uma casca.

— A direção serve apenas para parecer legal — ela responde. — Mas os pedais nos dão velocidade!

Eu olho para baixo: a Big Mama não tem assoalho, é como um carro dos *Flintstones*. Skaelka pisa onde ficaria um dos pedais, empurrando o pé firme para baixo nas costas da criatura. A Carapaça emite um som e acelera...

— Bem, isso funciona — June concorda.

À frente, Thrull está nos observando. Ele franze a testa e balança seu martelo de guerra, fazendo-o bater em uma enorme placa de uma hamburgueria e...

SMASH!

Ele bate no calçadão estilhaçando metal e fazendo um hambúrguer gigante de plástico explodir!

— Vamos bater nisso! —grito, mas Skaelka *muda* a marcha, pisa fundo no acelerador e...

Nós saltamos por cima dos destroços e então... *THUUMP!*

Batemos no chão com força. A parte inferior do corpo da Carapaça pega pequenos pedaços de madeira lascada, o que, cara, deve doer, mas continua em frente, alcançando a Escavinha.

— Eu preciso subir lá —falo.

Vá! Por Bardo.
Posso fazer um ataque daqui. Tipo, enquanto a louca dirige.
SIM! LOUCA! ESSA SOU EU!

— Beleza, agora é hora de trazer nossos zumbis de volta...

Digo isso na minha voz de herói de ação mais legal, porque estou prestes a fazer coisas legais de herói de ação...

YANK!

O braço de cauda de Thrull me agarra e sou arrancado do banco do passageiro com tanta força que até rasgo o cinto de segurança. Eu giro no ar e caio na Escavinha verde musgosa.

Os zumbis estão todos embutidos na forma pulsante e móvel da Escavinha. Uma mão nodosa se estende para mim enquanto eu fico de pé.

— Olá, Jack.

Thrull anda facilmente através da superfície da Escavinha. As trepadeiras seguram suavemente suas botas a cada passo, mantendo-o firme. Como se fosse seu tapete vermelho pessoal.

O aço dimensional do martelo de guerra cintila na luz...

PENSEI MUITO LÁ EMBAIXO, ENQUANTO ME CURAVA.
SABE O QUE EU APRENDI?

Eu levanto meus olhos, encontrando os olhos de Thrull.

— Sabe, Thrull — eu digo —, normalmente, eu tentaria de uma maneira ruim parecer engraçado, mas não agora. Eu não me importo com o que você aprendeu e realmente não me importo com o que você pensa...

A única coisa que me importa é saber que você matou o meu amigo.

Seguro firme o Fatiador enquanto o desembainho... e Thrull sorri. Não é exatamente a reação que você deseja ao agarrar sua arma de forma dramática. Ele sorri e... ***KA-SNAP!***

O braço de cauda de Thrull chicoteia para frente e me envolve como uma anaconda, me apertando.

— Bardo ficou no meu caminho — ele fala —, e nada pode ficar no meu caminho. Porque o que eu aprendi naquela caverna foi...

SOU O ÚNICO QUE PODE FAZER O QUE DEVE SER FEITO. GHAZT FICOU PREGUIÇOSO. MAS EU SOU UM VERDADEIRO SERVO DE REŻŻÖCH.

E AGORA, COM A CAUDA, CONTROLO UM EXÉRCITO QUE CONSTRUIRÁ A TORRE E ŖEŻŻÖCH VIRÁ!

Acima do rugido da Escavinha e do monólogo de vilão do Thrull, ouço a voz de June. Ela está vociferando ordens para o velho microfone do rádio da polícia do caminhão. Os alto-falantes externos da Big Mama gritam:

-- MONSTROS AMIGOS!

-- ATIREM SUAS GOSMAS-GOSMENTAS!

-- PAREM ESSA ESCAVINHA!

De cada carro, de cada janela aberta, de cada teto solar vêm um ataque devastador do armamento gosmento de Quint...

A Escavinha estremece e se abala.

Thrull olha para baixo e, em seu estado distraído, o aperto do braço de cauda afrouxa. Eu aproveito a oportunidade para tentar soltar minha mão enluvada e escapar do aperto.

Mas Thrull rosna e a cauda aperta novamente.

— Jack, não posso deixar você escapar. Sua arma, a mão... você está crescendo, evoluindo...

— Sim, bem, apenas espere até eu ter meu grande salto de crescimento — respondo.

E, com isso, Thrull levanta seu martelo de guerra. OK, isso foi divertido e tudo, mas preciso escapar. AGORA. Eu me debato e empurro o braço de cauda com minha mão enluvada que está meio livre.

O que acontece a seguir é verdadeiramente LOUCO: minha mão enluvada *afunda* no braço da cauda e...

BZZZT!!

A mesma pulsação elétrica que senti na sorveteria com Bardo.

Thrull também sente! Eu vejo um lampejo de confusão em seu rosto.

— Mas o quê...?

Não é mágica, não é a Força ou algum tipo de visão... esta energia escura de outra dimensão é real e está dentro da cauda. Uma grande massa percorre cada molécula da pele carnuda da cauda, exatamente como ocorreu com o Fatiador no cinema.

A luva está pulsando como um coração batendo com suas muitas ventosas sugando. É como se ela estivesse com *sede* de energia escura e a estivesse *sugando* da cauda.

Eu penso nas palavras de Bardo pouco antes de morrer: *"A decisão... está agora... em suas mãos..."*

E eu me permito, por um breve momento, sorrir... porque com o último suspiro de Bardo, ele me deixou uma mensagem. Só que ele não quis dizer mãos, no plural, mas uma mão.

— Thrull — chamo —, minha mão, e essa coisa que a cobre, vão acabar com você!

Thrull solta um grunhido.

Ele tenta se afastar, mas a luva está presa a seu braço com uma força inquebrável. Eu sorrio enquanto minha mão envolve a cauda com ainda mais força, as ventosas sugando-a como um aspirador.

A pele da cauda do rato começa a borbulhar, está sendo puxada para dentro da luva.

E agora todo o significado das palavras de Bardo me atingem:

"A decisão... está agora... em suas mãos..."

A decisão: É minha a escolha de tomar o poder da cauda para mim!

Meu coração *deveria* estar batendo forte e minha mente *deveria* estar acelerada e alternando entre PEGUE e NÃO PEGUE...

Mas não está.

Não é uma decisão muito difícil.

Agora, não se trata de quão grande é a responsabilidade. Quando Bardo pensou que eu não estava comprometido, ele me mostrou aquela

imagem horrível... a simulação do que poderia acontecer, mas fez minha tarefa parecer tão grande e opressora que eu queria me encolher diante dela.

Eu só controlei os zumbis com sucesso quando me concentrei no que torna essa luta pessoal: meus amigos.

E é isso que eu farei agora.

O ataque de gosma-gosmenta continua com June no comando: uma série de *BUUMs* e *SPLATs*. E cada *BUUM* parece representar algo mais profundo... o que realmente está em jogo.

Se eu não fizer isso, a felicidade e a esperança dos meus amigos serão destruídas. O sofrimento e a

tristeza deles terão sido em vão. O pensamento só me faz apertar a cauda com mais força.

A pele de couro do braço da cauda fica com uma cor preta como tinta... o mesmo tom da energia esfumaçada que sai do Fatiador.

A luva borbulha e cresce.

Sinto o cheiro de queimado e vejo até a última gota de energia ser extraída da cauda.

Após a conclusão do processo, Thrull fica com um apêndice esquelético longo e sinuoso.

Nunca vi Thrull menos do que 100% intimidante, então levo um segundo para perceber que ele parece realmente *derrotado*.

Mas então ele olha para baixo, e eu também.

Alguns dos bonequinhos de Evie, os pedaços de plástico que foram embutidos na cauda de Ghazt, se projetam do osso da cauda como pequenos espinhos estranhos.

Thrull estende a mão e os toca.

Eu não sei o que há neles, mas isso faz um sorriso feio e enervante aparecer em seu rosto.

Ele abre a boca, mas as únicas palavras que saem são...

-- ATAQUEM DE NOVO!

Meus amigos liberam outro ataque épico de gosma-gosmenta e...

A Escavinha sacode e treme! Está derretendo, desmoronando e colapsando sob nossos pés. Está quase destruída. Falta apenas um golpe final.

É quando vejo Dirk e Quint, juntos na caçamba da caminhonete da Big Mama. Um lençol é puxado revelando a maior caixa de equipamento de todas...

A salva final de gosma-gosmenta é indescritível. O ataque vem de todos os lados... explodindo e

detonando. A Escavinha se debate e seu uivo de dor emana de cada centímetro de seu corpo de planta.

— Jack, agora! — Quint grita.

Lanço um último olhar para Thrull e grito:

— Paz! Fui! SEU! TROUXA!

Eu pulo assim que ouço o canhão explodir e deslizo pelo ar até que...

— Te peguei! — Wez grita.

— Obrigado! — grito de volta. — Desculpe por termos detonado com você na *batalha*!

TEREI MINHA VINGANÇA DEPOIS. AGORA, VOU LEVÁ-LO EM SEGURANÇA ATÉ O CHÃO

A Escavinha está desmoronando.

A gosma-gosmenta se agarra a seus galhos e trepadeiras tornando-os cinzentos e quebradiços. E eles se quebram e se partem como bolachas de arroz.

O corpo da Escavinha se arqueia e sua mandíbula sobe, uivando para o céu como um lobisomem em dia de Lua cheia. Então...

KRAKA-SMASH!

A Escavinha BATE no chão com uma força de sacudir a terra, rolando de lado antes de ficar completamente imóvel.

As Trepadeiras se dissolvem em cinzas verdes e laranjas, enchendo o ar com uma tempestade de areia. Então, uma súbita rajada de vento e... se foram: a Escavinha desapareceu.

Os zumbis estão espalhados pela estrada, de pé e cambaleantes. A gosma-gosmenta goteja deles como baba de cachorro. Zumbis são resistentes à gosma... bom saber!

Em meio ao desbotamento e dissipação de cinzas está Thrull. Ele fica totalmente ereto... pois nunca imaginaria que seu veículo de transporte cósmico explodiria bem debaixo dele...

Thrull me encara através das cinzas rodopiantes. Ao seu lado, a cauda de rato parece um terrível chicote de esqueleto. Eu fico olhando para ele e para os muitos zumbis entre nós...

Algo nesse momento épico me faz pensar em Evie; apenas algumas semanas atrás, esses mesmos zumbis estavam na pista de boliche e eram parte do exército dela e de Ghazt.

E agora? Ghazt não está em lugar nenhum, Thrull resolveu agir sozinho e, de repente, sou eu quem tem o poder de controlar os zumbis que ela ansiava...

É o fim do mundo, cara, nunca se sabe o que pode acontecer! E agora Evie sabe disso tão bem quanto eu.

Mas Evie não é minha preocupação no momento. O que importa agora são meus amigos e a decisão que tenho que tomar.

Uma última vez, as palavras de Bardo entram na minha cabeça: "*A escolha é sua, Jack. Mas é um fardo tremendo. E, por isso, eu sinto muito...*"

Eu penso: *não se desculpe, cara*. Tomei uma decisão. E vamos ver no que vai dar.

Capítulo Vinte e Seis

Estico minha mão enluvada para trás e pego o Fatiador. A energia escura começa a drenar da luva e serpenteia pelo cabo do Fatiador com um *SCHLURRRP*.

Ela se infiltra em cada farpa, lasca, fratura e fissura do Fatiador. E se junta ao poder sombrio e terrível já contido nele até que, finalmente, a lâmina inteira fica da cor da meia-noite...

— Thrull — eu exclamo —, esses zumbis, seu exército, pertencem a MIM agora! — Eu giro o Fatiador em direção aos zumbis e um arco cor de carvão paira no ar. Minha mão enluvada lateja quando a última gota de energia é absorvida pelo taco e...

PFHOOOM!

Os zumbis são empurrados em minha direção por uma força magnética. Eles se inclinam para frente em um certo ângulo, arrastando os pés, quase não os tirando do chão. Eles se movem tão rápido que sinto o cheiro de borracha queimada daqueles que ainda usam sapatos.

Em meio segundo todos eles estão reunidos atrás de mim.

Tudo que Thrull pode fazer é assistir.

A ponta de seu braço esquelético roça lentamente o chão.

Então o braço se levanta e Thrull suavemente passa a mão sobre ele.

Thrull ergue os olhos com um sorriso enigmático no rosto enquanto sua mão continua a acariciar o apêndice esquelético e os pedaços de bonecos embutidos nele.

— Isso está muito longe de terminar! A Torre será construída, embora talvez eu recrute um tipo diferente de exército — ele diz, dá um tapinha na cauda esquelética e depois sorri. — Eu sugiro que você se acostume com a visão de ossos, Jack...

Ele levanta seu martelo de guerra, coloca-o sobre o ombro e faz uma saída dramática.

O braço esquelético se arrasta atrás dele até que ele o agarra. Alguns pedacinhos de Trepadeiras restantes se juntam ao seu redor, seguindo-o como pequenos caramujos pegajosos...

Com licença! Com licença!
Amigos pessoais do herói passando!
Jack, me desculpe por dizer que você tem a versão pirata da Força. Isso não foi **nada** pirata!

Meus amigos se aproximam, mas dou um passo hesitante para trás.

— Pessoal, por favor — falo levantando a mão de forma dramática. — Eu mudei... EU... Eu sou diferente agora. Não sou mais o Jack que vocês conheciam. Eu sou... algo mais.

Levanto a lâmina sobre minha cabeça.

— Devo ir agora — afirmo. Meu rosto está sombrio. — Devo aprender os limites desses poderes. É minha missão... minha missão solitária. E aonde eu vou, vocês não podem ir comigo.

A boca de June fica aberta, Quint está congelado e Dirk está calado. Eu deito minha cabeça de lado por um momento e quando eu a levanto novamente...

Estou rindo tanto que até engasgo.

— Só estou brincando com vocês! Mas, sim, isso foi realmente muito louco. Eu ainda sou eu, no entanto, se ouvir alguém dizer que é *"amigo pessoal do herói"* de novo, eu vou PIRAR.

— Que bom — June fala. — Eu gosto do bom e velho Jack.

De repente, Quint aponta:

— Jack! Sua mão! A luva!

Eu ouço sussurros entre os monstros.

— Uau — Dirk fala.

Eu levanto minha mão, torcendo-a e olhando para ela de todos os ângulos.

A carne do Sucatken se abrandou. Ela cruza toda aquela parte estranha e carnuda entre o polegar e o dedo indicador, depois volta ao redor, sobre minha palma, onde se fundiu.

É apertada, mas não desconfortável. Ainda está molhada. Ainda está mudando.

Não é mais uma luva.
Parece ser... permanente.

Quint está certo, essa coisa não vai sair. O poder é meu... e isso é uma parte... permanente...

Claro, eu estava brincando antes... mas mudei mesmo. E não acho que haja volta.

Meu estômago se revira. E, de repente, quero vomitar.

Eu cometi um erro? Meus joelhos tremem, mas então sinto uma mão em meu ombro. É June.

— Ei, Jack — ela fala —, essa coisa estranha na sua mão, você sabe o que isso significa, certo?

— Não — respondo baixinho.

Então ela sorri.

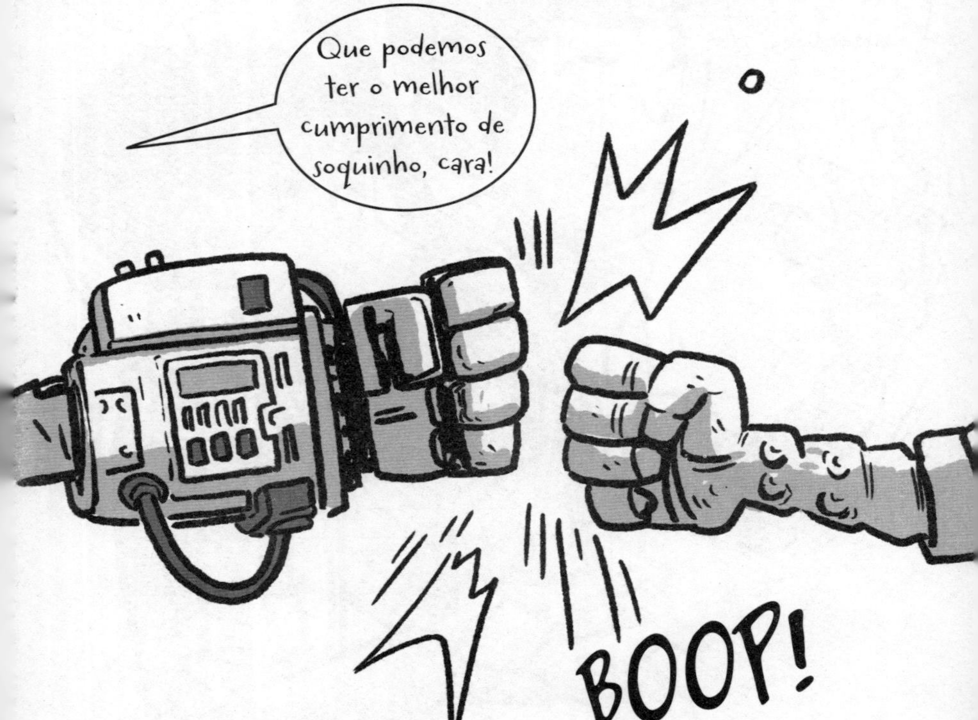

Que podemos ter o melhor cumprimento de soquinho, cara!
BOOP!

Num piscar de olhos a ânsia de vômito se foi e acho que tudo vai ficar bem.

— Essa partilha calorosa de humor faz a pele de Skaelka arrepiar — Skaelka comenta. — Skaelka está indo embora antes que se transforme em abraços. Monstros, sigam-me para a Pizza do Joe! Vamos comer até que nossos estômagos estejam redondos em homenagem a Bardo.

Os monstros sobem em seus carros e voltam para casa.

— Espera aí, deixa eu ver se entendi — Dirk diz depois que eles partem. — June tem uma arma multiferramentas no braço, Thrull tem um braço esquelético de chicote completo e, agora, Jack, você tem essa... essa... essa luva de ventosas.

— É verdade — Quint concorda. — Eu gostaria de ter uma mão especial também. Vamos todos ter equipamentos especiais para as mãos?

— Se todos nós teremos mãos especiais — Dirk fala —, eu quero uma motosserra, seria irado.

— Pensando bem, não preciso de uma mão especial — Quint diz —, mas tenho um conceito próprio para uma ferramenta de combate a monstros. Mas, June... precisarei de sua ajuda. Ah, fiquei animado só de pensar nisso...

Eu sorrio enquanto caminhamos.

Eu amo esses caras.

Capítulo Vinte e Sete

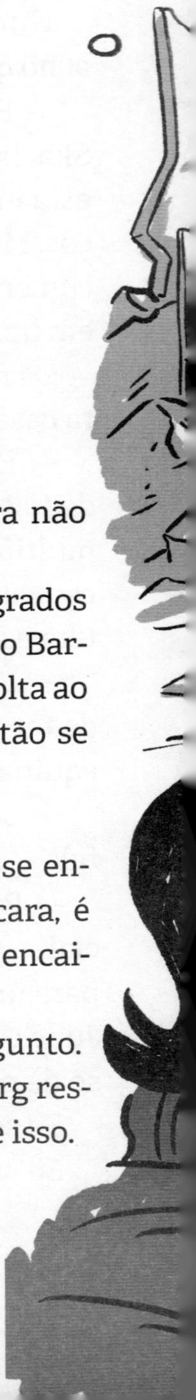

Levamos os zumbis até a fazenda, embora não vejamos Warg.

Só quando chegamos aos restos desintegrados da sorveteria é que a encontramos carregando Bardo nos braços. Os outros monstros estão de volta ao Joe comemorando nossa vitória, eles não estão se lamentando por Bardo.

Apenas Warg está sentindo essa dor.

Ela é diferente dos outros monstros, não se encaixa muito bem na comunidade deles. E, cara, é estranho lembrar que ser diferente e não se encaixar no padrão às vezes é bom.

— O que você vai fazer com Bardo? — pergunto.

— Temos nossos próprios costumes — Warg responde. — Você não precisa saber mais do que isso.

Os próximos dias são um borrão estranho e nebuloso de um grande nada. Eu leio quadrinhos que já li milhares de vezes... apenas procurando o conforto da familiaridade.

Quint imediatamente volta ao trabalho, provavelmente desenhando o projeto de sua nova arma bacana.

June se encolheu no sofá, assistindo, na TV quebrada, os nomes dos pais rolarem para baixo em um looping, por horas e horas desses dias.

E Dirk, Dirk está quieto.

Quase três dias depois de nossa grande batalha, Quint sai voando de seu laboratório. Ele está carregando o capacete de futebol americano.

— Dirk! — ele diz. — Põe isto! Sem demora!

Dirk está afundado em um pufe num canto.

— O que você quer que eu encontre desta vez?

Quint balança a cabeça e diz baixinho:

— Eu quero que você encontre a paz e o sossego que merece, amigo.

— Isso foi muito brega, cara — Dirk fala.

Mas sorri, senta e estala o pescoço. Quint estende a mão para colocar o capacete na cabeça dele.

— Fiz algumas modificações — Quint explica —, o capacete agora bloqueia pensamentos intrusivos de zumbis. Adicionei configurações personalizadas também, então este botão aqui ao lado permite que os pensamentos zumbis voltem se você quiser.

Por uma fração de segundo parece que Dirk vai chorar.

— Você quer dizer...?

— Sim. — Quint concorda com a cabeça, todo orgulhoso. — Capacete com *cancelamento* de sons de zumbi.

Já se passou uma semana inteira e estou louco para jogar videogame, mas June ainda está assistindo

os nomes na tela. Vou ser honesto, ela monopolizou totalmente a TV, mas acho que essas são circunstâncias especiais.

Mas é o canto da sereia do videogame que me faz pegar um console e ir para o campo de futebol bem cedo em uma manhã.

Rover deita na grama e eu me encosto nele, afundando na pele quente e macia da sua barriga. Eu pego o controle e percebo que vou levar um tempo para me acostumar a jogar com esta nova Luva Gosmenta de Poder. E também percebo que ela precisa de um nome melhor que Luva Gosmenta de Poder.

Eu jogo por horas.

Estou feliz por ter derrubado Thrull, e derrubado com propriedade.

Jogo por tanto tempo que na verdade começo a divagar no meio do jogo.

Mas então Quint está me sacudindo e me tira desse sonho acordado. Ele está com Warg e Dirk.

Eu esfrego meus olhos, confuso.

Eles têm na mão o livro de Evie: *Terrores Interdimensionais: A História da Cabala Cósmica.*

— Hã, ei, pessoal — eu digo, limpando a baba do meu queixo —, o que que tá rolando?

Quint bate no livro.

— Depois de toda a minha pesquisa sobre a cauda, eu precisava saber como Bardo foi capaz de dar a você a capacidade de absorver a energia da cauda. Fiquei pensando que devia haver uma razão científica. Então, consultei o livro.

— E o que você achou? — pergunto.

— Nada de bom — Quint responde. — Jack, quando você terminou de puxar o poder da cauda, ela parecia ainda reter algum poder, sobrou alguma coisa?

— Não. Era tudo osso. Não sobrou nada daquela substância oleosa que parecia tinta.

— Você está certo disso? — Warg pergunta.

— Acho que sim! Quero dizer, era uma situação meio estressante e eu não estava exatamente tomando notas. Por quê?

O livro diz que se algo permanecer após uma "transferência", quaisquer totens ou talismãs, então algum poder cósmico pode permanecer...
MAS ESSE PODER SERÁ MEIO DIFERENTE, SIMILAR, MAS DIFERENTE...
Ah, não...
Os bonequinhos da Evie...

Eu penso no que Thrull me disse no final:

— Acostume-se com a visão de ossos...

Eu pensei que era apenas uma espécie de ameaça comum, tipo, sabe, ele estaria fazendo coisas de cara malvado que me transformariam em uma pilha de ossos ou algo assim.

Mas ele quis dizer isso de uma maneira totalmente diferente. Porque Thrull e eu... nossos olhos se fixaram naqueles bonequinhos derretidos, os que permaneceram dentro do braço de cauda.

E se eles mantiveram o poder...

Thrull disse: *"Um tipo diferente de exército"*.

E de repente pego o livro da mão de Quint e começo a folhear, esperando que eu esteja errado.

Esperando que não seja verdade.

Mas então eu vejo.

Ali.

No livro.

Desenhos antigos que não mostram zumbis, mas soldados esqueléticos.

— Ah, não... — eu sussurro.

E eu fecho meus olhos.

O que acontece a seguir está só na minha cabeça, eu sei disso. Mas parece que o que vejo é, infelizmente para nós, uma visão do que está por vir...

MORTOS-VIVOS . . . CONTRA . . .
MORTOS DE VERDADE!
CONTINUA...

Agradecimentos

Como sempre, o maior obrigado possível a Douglas Holgate por dar às minhas anotações vagas e ideias imprecisas uma vida bela, deslumbrante e monstruosa. Leila Sales, minha editora inabalável, não posso agradecer o suficiente. Jim Hoover por projetar, projetar, reprojetar e depois projetar um pouco mais. Você é muito apreciado. Bridget Hartzler, minha assessora de imprensa que sempre chega chegando, você é demais. À Abigail Powers, Krista Ahlberg e Marinda Valenti, obrigado por manter a série livre de erros de digitação.

Erin Berger, Emily Romero, Carmela Iaria, Christina Colangelo, Felicity Vallence, Kim Ryan e todos os outros nos departamentos de marketing e divulgação da Viking, obrigado por acreditarem nesta série e por levá-la a dar sempre um passo além, repetidamente. E nem é preciso dizer: Ken Wright, por todas as coisas. Robin Hoffman e todo o pessoal da Scholastic, pelo seu apoio sem fim. Dan Lazar, na Writers House, por tantas coisas, muitas para mencionar. Cecilia de la Campa e James Munro, por ajudar Jack, June, Quint e Dirk a viajar pelo mundo. Torie Doherty-Munro, por sempre ter sido paciente e atender minhas ligações irritantes! E Addison Duffy e Kassie Evashevski, por ajudarem a levar isso além. Matt Berkowitz, obrigado por suas intermináveis anotações, pensamentos e por ler e ler quando você já tem muitas outras e melhores leituras para fazer.

E obrigado à minha família maravilhosa: Alyse e Lila. Vocês fazem tudo valer a pena.

© Ruby Brallier

MAX BRALLIER!

(maxbrallier.com) é autor de mais de trinta livros e jogos. Ele escreve livros infantis e livros para adultos, incluindo a série *Salsichas Galácticas*. Também escreve conteúdo para licenças, incluindo *Hora da Aventura*, *Apenas um Show*, *Steven Universe*, *Titio Avô*, e *Poptropica*.

Sob o pseudônimo de Jack Chabert, ele é o criador e autor da série *Eerie Elementary* da Scholastic Books, além de autor da graphic novel best-seller número 1 do *New York Times Poptropica: Book 1: Mystery of the Map*. Nos velhos tempos, ele trabalhava no departamento de marketing da St. Martin's Press. Max vive em Nova York com sua esposa, Alyse, que é boa demais para ele. E sua filha, Lila, é simplesmente a melhor.

Siga Max no Twitter @MaxBrallier.

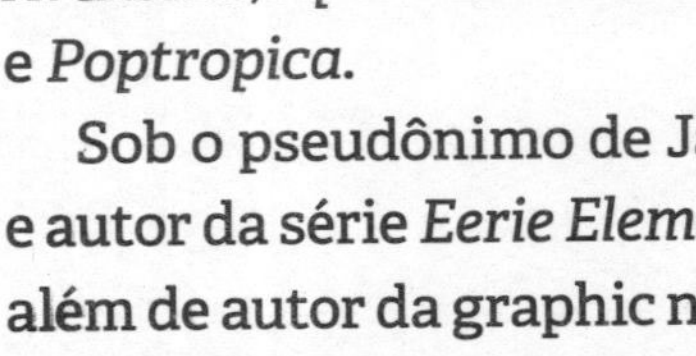

O autor construindo sua própria casa na árvore quando criança.

DOUGLAS HOLGATE!

(skullduggery.com.au) é um artista e ilustrador freelancer de quadrinhos, baseado em Melbourne, na Austrália, há mais de dez anos. Ele ilustrou livros para editoras como HarperCollins, Penguin Random House, Hachette e Simon & Schuster, incluindo a série *Planet Tad*, *Cheesie Mack*, *Case File 13* e *Zoo Sleepover*.

Douglas ilustrou quadrinhos para Image, Dynamite Abrams e Penguin Random House. Atualmente está trabalhando na série autopublicada *Maralinga*, que recebeu financiamento da Sociedade Australiana de Autores e do Conselho Vitoriano de Artes, além da graphic novel *Clem Hetherington and the Ironwood Race*, publicada pela Scholastic Graphix, ambas cocriadas com a escritora Jen Breach

Siga Douglas no Twitter @douglasbot.

Jack Sullivan, June Del Toro, Quint Baker, Dirk Savage, Rover, e um montão de monstros retornarão no próximo livro.

CONFIRA OUTROS LIVROS DA SAGA!

Acesse o site www.faroeditorial.com.br

e conheça todos os livros da série.

FARO EDITORIAL

ESTA OBRA FOI IMPRESSA

EM ABRIL DE 2021